Características Los delfines mulares tienen dientes, pero no mastican su alimento.

Características Los delfines mulares a menudo se juntan para atrapar peces.

Los delfines mulares se comunican entre sí por medio de sonidos y de lenguaje corporal.

CARACTERÍSTICAS Los delfines mulares respiran a través de orificios que están en la parte superior de su cabeza.

California
Ciencias

 **Harcourt**
SCHOOL PUBLISHERS

¡Visita *The Learning Site!*
www.harcourtschool.com

California
Ciencias

Delfines mulares del Pacífico

Series Consulting Authors

Michael J. Bell, Ph.D.
Assistant Professor of Early
    Childhood Education
College of Education
West Chester University of
    Pennsylvania
West Chester, Pennsylvania

Michael A. DiSpezio
Curriculum Architect
JASON Academy
Cape Cod, Massachusetts

Marjorie Frank
Former Adjunct, Science
    Education
Hunter College
New York, New York

Gerald H. Krockover, Ph.D.
Professor of Earth and
    Atmospheric Science
    Education
Purdue University
West Lafayette, Indiana

Joyce C. McLeod
Adjunct Professor
Rollins College
Winter Park, Florida

Barbara ten Brink, Ph.D.
Science Specialist
Austin Independent School
    District
Austin, Texas

Carol J. Valenta
Senior Vice President
St. Louis Science Center
St. Louis, Missouri
Former teacher, principal, and
    Coordinator of Science Center
    Instructional Programs
Los Angeles Unified School
    District
Los Angeles, California

Barry A. Van Deman
President and CEO
Museum of Life and Science
Durham, North Carolina

Series Consultants

Catherine Banker
Curriculum Consultant
Alta Loma, California

Robin C. Scarcella, Ph.D.
Professor and Director, Program
    of Academic English and ESL
University of California, Irvine
Irvine, California

Series Content Reviewers

Paul Asimow, Ph.D.
Associate Professor, Geology and
    Geochemistry
California Institute of Technology
Pasadena, California

Larry Baresi, Ph.D.
Associate Professor
California State University,
    Northridge
Northridge, California

John Brockhaus, Ph.D.
Department of Geography and
    Environmental Engineering
United States Military Academy
West Point, New York

Mapi Cuevas, Ph.D.
Professor of Chemistry
Santa Fe Community College
Gainesville, Florida

William Guggino, Ph.D.
Professor of Physiology and
    Pediatrics
Johns Hopkins University, School
    of Medicine
Baltimore, Maryland

V. Arthur Hammon
Pre-College Education Specialist
Jet Propulsion Laboratory
Pasadena, California

Steven A. Jennings, Ph.D.
Associate Professor in Geography
University of Colorado at
    Colorado Springs
Colorado Springs, Colorado

James E. Marshall, Ph.D.
Professor and Chair, Department
    of Curriculum and Instruction
California State University, Fresno
Fresno, California

Joseph McClure, Ph.D.
Associate Professor Emeritus
Department of Physics
Georgetown University
Washington, D.C.

Dork Sahagian, Ph.D.
Professor of Earth and
    Environmental Science
Lehigh University
Bethlehem, Pennsylvania

Curriculum and Classroom Reviewers

David Appling
Curriculum Specialist
Anaheim City School District
Anaheim, California

Christina Duran
Teacher
Primrose Elementary School
Fontana, California

Darryl Gibson
Teacher
Salinas Elementary School
San Bernardino, California

Michael Lebda
Science Specialist
Fresno Unified School District
Fresno, California

Ana G. Lopez
Science Specialist
Fresno Unified School District
Fresno, California

SCHOOL PUBLISHERS

Science and Technology features
provided by

Printed in the United States of America

ISBN 13: 978-0-15-354503-0
ISBN 10: 0-15-354503-8

1 2 3 4 5 6 7 8 9 10 048 17 16 15 14 13 12 11 10 09 08 07

Idea importante Las personas aprenden sobre las Ciencias haciendo preguntas y realizando investigaciones.

Preguntas esenciales

CIENCIAS FÍSICAS

UNIDAD 1 · El movimiento

50

Idea importante El movimiento de los objetos se puede observar y medir.

Preguntas esenciales

montaña rusa del parque Knott's Berry Farm

CIENCIAS NATURALES

UNIDAD 2 Ciclos de vida

Idea importante Las plantas y los animales cambian a medida que crecen. Todas las etapas, o fases, de su vida forman su ciclo de vida.

Preguntas esenciales

CIENCIAS DE LA TIERRA

UNIDAD 3 Los materiales de la Tierra 222

La idea importante La Tierra está hecha de diferentes materiales. Las personas usan esos materiales.

Referencias

Preparados, listos, ¡Ciencias!

4 La ciencia progresa haciendo preguntas y realizando investigaciones. Para entender este concepto y estudiar el contenido de las otras tres áreas temáticas, los estudiantes elaborarán sus propias preguntas y llevarán a cabo sus propias investigaciones.

Los estudiantes deberán:

4.a Hacer predicciones basándose en patrones observados, en contraste con adivinar al azar.

4.b Medir la longitud, el peso, la temperatura y el volumen de líquidos usando instrumentos adecuados. Expresar los resultados en unidades del sistema métrico decimal.

4.c Comparar y clasificar objetos cotidianos basados en dos o más propiedades físicas (por ejemplo: color, forma, textura, tamaño y peso).

4.d Escribir o dibujar secuencias de pasos, eventos u observaciones.

4.e Construir gráficas de barras usando ejes debidamente identificados.

4.f Usar lentes de aumento o microscopios para efectuar observaciones y dibujar objetos pequeños o detalles de los objetos.

4.g Seguir instrucciones verbales para conducir una investigación científica.

¿Cuál es la idea importante?

Las personas aprenden sobre las Ciencias haciendo preguntas y realizando investigaciones.

Preguntas esenciales

Sacramento

Hola, Jin:

Mi tía me llevó a una exhibición de monedas en Sacramento. Vi monedas con dibujos de personas, animales y otras cosas. Las monedas estaban hechas de diferentes metales. Además, tenían distintas formas y tamaños. ¡Aprendí mucho!

Tu amiga,

Rosa

¿Qué aprendió Rosa sobre las diferencias entre las monedas? ¿Cómo piensas que eso sirve para explicar la **idea importante?**

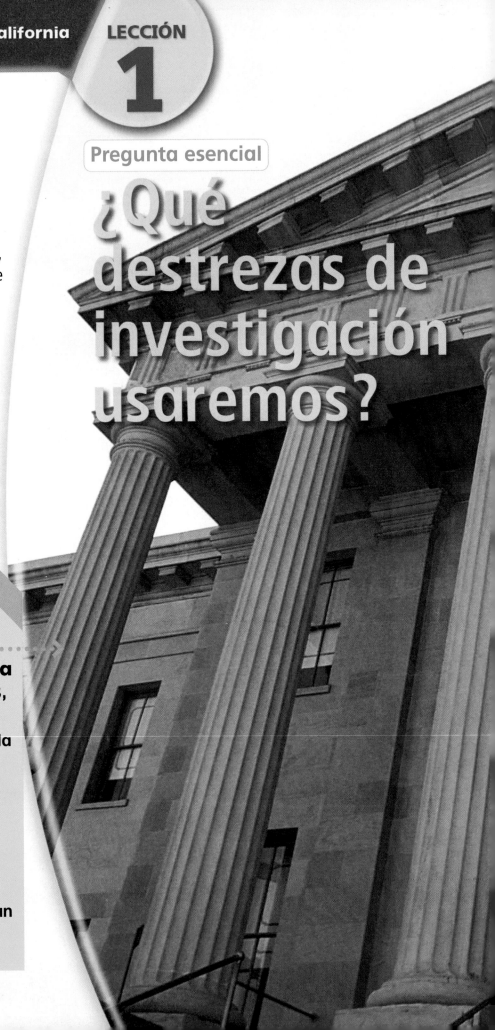

Investigación y Experimentación

4.a Hacer predicciones basándose en patrones observados, en contraste con adivinar al azar.

4.b Medir la longitud, el peso, la temperatura y el volumen de líquidos usando instrumentos adecuados. Expresar los resultados en unidades del sistema métrico decimal.

4.c Comparar y clasificar objetos cotidianos basados en dos o más propiedades físicas (por ejemplo: color, forma, textura, tamaño y peso).

Pregunta esencial

¿Qué destrezas de investigación usaremos?

California: Dato breve

Casa de la Moneda de Estados Unidos, en San Francisco

En la Casa de la Moneda de San Francisco se fabrican monedas y medallas para recordar a las personas y los sucesos especiales. La letra *S* que se ve en las monedas quiere decir que se fabricaron en San Francisco.

Las **destrezas de investigación** son un conjunto de destrezas que las personas usan para aprender sobre las cosas. pág. 6

Cuando **observas,** usas tus sentidos para obtener información sobre lo que te rodea. pág. 6

¿Cuántas monedas de 1¢?

Pregunta

¿Cómo pueden observar las monedas de esta colección los niños?

Prepárate

Sugerencia para la investigación
Cuando observas, puedes usar los sentidos de la vista y del tacto.

Materiales

monedas de 1¢

frasco de plástico pequeño

Qué hacer

Paso 1

Observa algunas monedas de 1¢ y un frasco. Predice y escribe el número de monedas de 1¢ que necesitarás para llenar el frasco.

Paso 2

Llena el frasco con monedas. Cuéntalas a medida que las pones en el frasco. Escribe el número de monedas de 1¢ que caben en el frasco.

Paso 3

Compara el número de monedas de 1¢ que hay en el frasco con tu predicción.

Sacar conclusiones

¿Cómo influyó el tamaño del frasco en tu predicción?　**4.a**

Examinación independiente

Observa algunas monedas de 10¢ y el mismo frasco que usaste en la Investigación. Predice cuántas monedas de 10¢ necesitarás para llenar el frasco. Luego, llena el frasco con monedas. ¿Fue correcta tu predicción?　**4.a**

5

IDEA PRINCIPAL Y DETALLES

Busca en la lectura algunos detalles sobre las destrezas de investigación que los científicos usan.

Destrezas de investigación

Los científicos usan destrezas de investigación cuando hacen pruebas. Las **destrezas de investigación** ayudan a las personas a aprender sobre las cosas.

Observar

Usa los cinco sentidos para **observar**. Aprende sobre lo que te rodea.

Comparar

Observa las semejanzas y las diferencias que hay entre las cosas.

Clasificar

Clasifica las cosas comparándolas y poniéndolas en grupos para mostrar sus semejanzas.

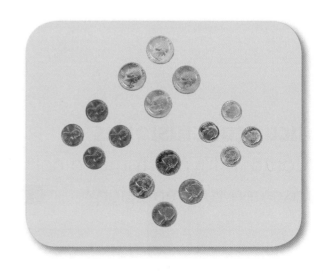

Ordenar en secuencia

Pon las cosas en orden para mostrar cambios.

secuencia según el tamaño

secuencia según el valor

Medir

Usa instrumentos para hallar la cantidad. Puedes medir la longitud, el ancho o la altura de algo. Puedes medir cuánto pesa algo. También puedes medir cuánto espacio ocupa.

Hacer un modelo

Haz un modelo para mostrar cómo es algo o cómo funciona.

Destreza clave **IDEA PRINCIPAL Y DETALLES**

¿Cuáles son algunas destrezas de investigación?

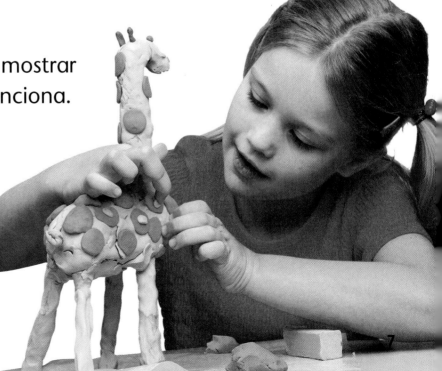

Un imán atrae cosas hechas de hierro.

Formular una hipótesis

Piensa en una afirmación científica que puedas comprobar.

Si lanzo la pelota con fuerza, se mueve más rápido. ¡Confirmé mi hipótesis!

Sacar conclusiones

Usa la información que has recopilado para decidir si confirmaste tu hipótesis.

Las plantas necesitan agua para crecer bien.

Inferir

Usa lo que sabes para suponer lo que está sucediendo.

Predecir

Usa lo que sabes para suponer lo que sucederá.

Va a llover pronto.

Registrar

Usa dibujos o palabras para registrar la información.

Describir

Cuando describes, o comunicas, algo, cuentas a otros lo que aprendiste.

Destreza clave IDEA PRINCIPAL Y DETALLES ¿Por qué sacar conclusiones y predecir son destrezas de investigación?

Minilab

Apila monedas de 1¢

Pon una bandeja sobre una mesa. Predice qué sucederá si tratas de apilar 50 monedas de 1¢ sobre la bandeja. Apila las monedas. ¿Qué sucede? ¿Fue correcta tu predicción?

Pregunta esencial

¿Qué destrezas de investigación usaremos?

En esta lección, aprendiste sobre las destrezas de investigación que los científicos usan.

Estándares de Investigación y Experimentación en esta lección

4.a Hacer predicciones basándose en patrones observados, en contraste con adivinar al azar.

4.b Medir la longitud, el peso, la temperatura y el volumen de líquidos usando instrumentos adecuados. Expresar los resultados en unidades del sistema métrico decimal.

4.c Comparar y clasificar objetos cotidianos basados en dos o más propiedades físicas (por ejemplo: color, forma, textura, tamaño y peso).

---

1. **IDEA PRINCIPAL Y DETALLES**
Haz una gráfica como la siguiente. Escribe detalles sobre esta idea principal: **Usamos destrezas de investigación.**

4.a, 4.c

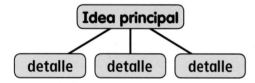

Idea principal — detalle — detalle — detalle

2. **RESUMIR** Escribe dos oraciones que expliquen de qué trata esta lección. **4.a**

3. **VOCABULARIO** Escribe una oración con las palabras **destrezas de investigación**.

4.b

---

4. Razonamiento crítico
Predecir es una destreza de investigación. Di cómo puede ayudar a las personas el poder predecir el clima. **4.a**

5. ¿Qué haces cuando quieres hallar la altura de algo? **4.b**

  A sacar conclusiones
  B medir
  C predecir
  D ordenar en secuencia

La idea importante

6. ¿Por qué es importante saber usar las destrezas de investigación? **4.a**

Redacción  ELA–W 1.1

Escribe para informar

1. Observa una moneda de 1¢ y otra de 5¢.

2. Escribe varias oraciones sobre las monedas.

3. Describe las semejanzas entre la moneda de 1¢ y la moneda de 5¢.

4. Describe las diferencias entre la moneda de 1¢ y la moneda de 5¢.

Matemáticas NS 1.1

Cuenta las monedas

1. Mira una pila de monedas.

2. Ordena las monedas en grupos de 1¢, 5¢ y 10¢.

3. Cuenta cuántas monedas hay en cada grupo.

4. Escribe el número de monedas que hay en cada grupo. Di qué grupo tiene más monedas y qué grupo tiene menos monedas.

 Para hallar otros enlaces y actividades, visita **www.hspscience.com**

Investigación y Experimentación

4.a Hacer predicciones basándose en patrones observados, en contraste con adivinar al azar.

4.b Medir la longitud, el peso, la temperatura y el volumen de líquidos usando instrumentos adecuados. Expresar los resultados en unidades del sistema métrico decimal.

4.f Usar lentes de aumento o microscopios para efectuar observaciones y dibujar objetos pequeños o detalles de los objetos.

LECCIÓN 2

Pregunta esencial

¿Qué instrumentos científicos usaremos?

California: Dato breve

Moneda de 25¢ del estado de California

La moneda de 25¢ del estado de California se fabricó por primera vez en 2005. Las monedas de 25¢ de los cincuenta estados se han acuñado según el orden en que cada estado se incorporó a Estados Unidos. California fue el estado número treinta y uno.

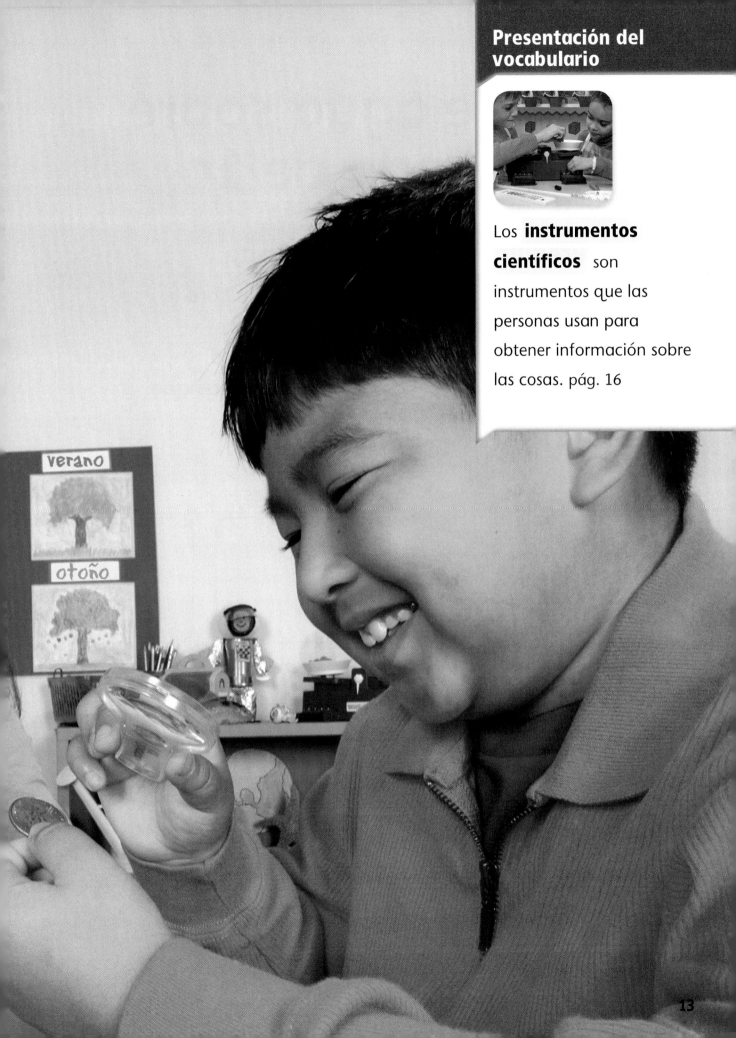

Los **instrumentos científicos** son instrumentos que las personas usan para obtener información sobre las cosas. pág. 16

verano

otoño

Gotas de agua sobre una moneda de 1¢

Pregunta

¿Qué están prediciendo los niños?

Prepárate

Sugerencia para la investigación
Cuando predices, explicas lo que piensas que sucederá.

Materiales

gotero

vaso con agua

moneda

Qué hacer

Paso ①

Predice cuántas gotas de agua puedes poner sobre una moneda antes de que el agua comience a derramarse. Escribe tu predicción.

Paso ②

Usa el gotero para poner agua sobre la moneda. Cuenta las gotas. Detente cuando el agua comience a derramarse.

Paso ③

Compara tu predicción con el número de gotas que pudiste poner sobre la moneda.

Sacar conclusiones

¿Predijiste que ibas a poner más gotas o menos gotas sobre la moneda de las que pusiste? ¿Por qué piensas que sucedió eso? **4.a**

Examinación independiente

Predice el número de gotas de jugo de manzana que puedes poner sobre la misma moneda. Luego, haz la prueba. ¿Fue correcta tu predicción? **4.a**

VOCABULARIO
instrumentos
científicos

IDEA PRINCIPAL Y DETALLES

Busca en la lectura algunos detalles sobre los instrumentos científicos.

Instrumentos científicos

Los científicos usan instrumentos especiales para obtener información sobre las cosas. Estos **instrumentos científicos** ayudan a las personas a observar y medir cosas.

Lupa

Usa una lupa para aumentar un objeto, o hacer que se vea más grande. Sujeta la lupa cerca de la cara. Acerca el objeto hasta que lo veas claramente.

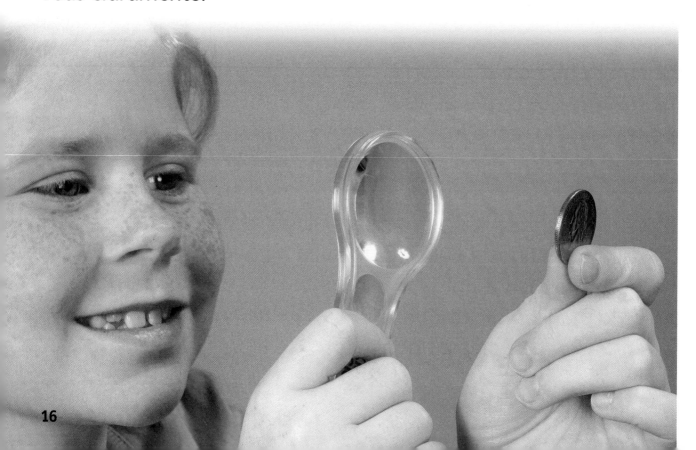

Caja con lente

Usa una caja con lente para hacer que un objeto se vea más grande. Pon el objeto dentro de la caja. Luego, mira a través de la tapa de la caja.

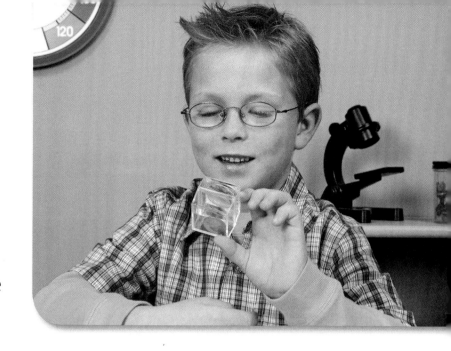

lente

portaobjetos

Microscopio

Usa un microscopio para hacer que un objeto diminuto se vea más grande. Pon el objeto en el portaobjetos y míralo a través de la lente.

Pinzas

Usa las pinzas para sujetar, mover o separar objetos pequeños.

Destreza clave **IDEA PRINCIPAL Y DETALLES** ¿Cómo te ayudan estos instrumentos a observar cosas pequeñas?

17

Regla

Usa una regla para medir la longitud, el ancho o la altura de un objeto. Alinea la primera marca de la regla con un extremo del objeto. Lee el número que está en el otro extremo.

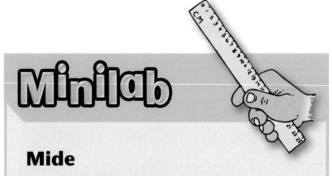

Cinta métrica

Usa una cinta métrica para medir la longitud, el ancho, la altura o el contorno de un objeto. El centímetro es la unidad de medida de muchas reglas y cintas métricas.

Minilab

Mide

Con una regla, halla la longitud en centímetros de este libro. Luego, mide cuántos centímetros de ancho tiene.

Gotero

Usa un gotero para medir pequeñas cantidades de un líquido. Aprieta la perilla del gotero. Luego, pon el gotero dentro del líquido y lentamente deja de apretar la perilla. Para dejar caer el líquido, vuelve a apretar lentamente la perilla.

Taza de medir

Usa una taza de medir para medir un líquido. Los líquidos pueden medirse en unidades llamadas litros y mililitros.

Coloca la taza sobre una mesa. Vierte el líquido en la taza. Cuando el líquido deje de moverse, lee la marca de la taza.

Destreza clave IDEA PRINCIPAL Y DETALLES ¿Cuáles son algunos instrumentos científicos que las personas usan para medir?

Balanza

Usa una balanza para medir la masa de un objeto. La masa se mide en gramos y kilogramos.

Coloca el objeto en un lado de la balanza. Coloca pesas en el otro lado. Añade o quita pesas hasta equilibrar los dos lados de la balanza.

Suma el valor de las pesas para hallar la masa del objeto.

pesas

Báscula

Usa una báscula para medir el peso de un objeto. El peso se mide en unidades llamadas libras y onzas.

Asegúrate de que la aguja de la báscula marque cero. Luego, coloca el objeto que quieras pesar sobre la báscula. Lee el número que marca la aguja.

Termómetro

Usa un termómetro para medir la temperatura. La temperatura se mide en unidades llamadas grados. Algunos termómetros muestran la temperatura tanto en grados Celsius como en grados Fahrenheit.

Coloca el termómetro donde quieras medir la temperatura. Fíjate hasta qué línea llega el líquido del tubo. Luego, lee el número que está junto a esa línea.

Destreza clave **IDEA PRINCIPAL Y DETALLES** ¿Por qué un termómetro es un instrumento científico?

Fahrenheit

Celsius

21

Pregunta esencial

¿Qué instrumentos científicos usaremos?

En esta lección, aprendiste sobre los instrumentos científicos que se usan para observar y medir cosas.

Estándares de Investigación y Experimentación en esta lección

4.a Hacer predicciones basándose en patrones observados, en contraste con adivinar al azar.

4.b Medir la longitud, el peso, la temperatura y el volumen de líquidos usando instrumentos adecuados. Expresar los resultados en unidades del sistema métrico decimal.

4.f Usar lentes de aumento o microscopios para efectuar observaciones y dibujar objetos pequeños o detalles de los objetos.

1. (Destreza clave) **IDEA PRINCIPAL Y DETALLES**
Haz una gráfica como la siguiente. Escribe detalles sobre esta idea principal: **Usamos instrumentos científicos.** **4.b**

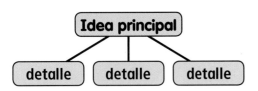

2. **SACAR CONCLUSIONES** ¿Qué es más grande: un centímetro o un metro? **4.b**

3. **VOCABULARIO** Describe cómo puedes ver los objetos pequeños más fácilmente; usa las palabras **instrumentos científicos**. **4.f**

4. Investigación ¿De qué forma observar patrones te ayuda a predecir? **4.a**

5. ¿Qué oración describe un termómetro? **4.b**

   A Mide la longitud.

   B Mide la masa.

   C Mide la temperatura.

   D Mide el peso.

La idea importante

6. Describe los instrumentos científicos que se usan para observar cosas y los instrumentos científicos que se usan para medir cosas. **4.b**

Redacción ELA–W 1.1

Escribe para describir

1. Observa algunos instrumentos científicos.

2. Dibuja y rotula esos instrumentos.

3. Escribe una oración para describir cada dibujo. Describe cómo se usan los instrumentos.

4. Muestra los dibujos y las oraciones a tus compañeros.

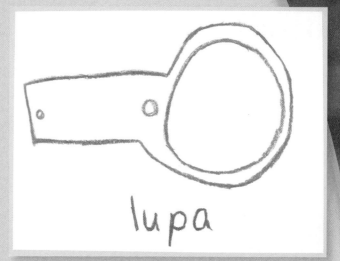

lupa

 Matemáticas MG 1.1

Predice y cuenta

1. Predice cuántas monedas de 1¢ necesitarás para hacer una fila del largo de tu regla.

2. Pon las monedas junto a la regla y cuéntalas.

3. Di cuántas monedas de 1¢ necesitaste.

4. Di si el número de monedas que usaste fue mayor, menor o igual que tu predicción.

 Para hallar otros enlaces y actividades, visita **www.hspscience.com**

Investigación y Experimentación

4.e Construir gráficas de barras usando ejes debidamente identificados.

LECCIÓN

3

Pregunta esencial

¿Cómo usamos las gráficas?

California: Dato breve

Buscando oro

Estas niñas están buscando oro con una guardia de parques en el río Yuba, en California. En la moneda de 50¢, que recuerda los setenta y cinco años del estado de California, está la imagen de un minero buscando oro.

La información que se usa en Ciencias se llama **datos**. pág. 28

Mis monedas	
Moneda	Conteo
de 1¢	⑄⑄⑄⑄⑄ ‖
de 5¢	‖‖
de 25¢	⑄⑄⑄⑄⑄	

Una **tabla de conteo** es un diagrama que se usa para registrar datos. pág. 28

Una **gráfica de dibujos** es un diagrama que se usa para mostrar datos. Cada dibujo representa una cosa. pág. 30

Una **gráfica de barras** es un diagrama que se usa para mostrar datos. Las barras muestran cantidades. pág. 32

Cómo registrar datos

Pregunta

¿Qué datos, o información, sobre estas monedas te interesaría registrar?

Prepárate

Sugerencia para la investigación
Puedes registrar datos haciendo dibujos o diagramas de lo que observas.

Materiales

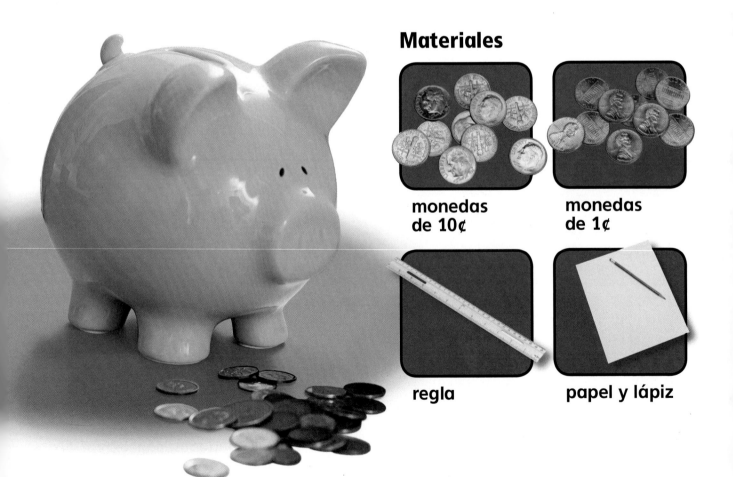

monedas de 10¢

monedas de 1¢

regla

papel y lápiz

Qué hacer

Paso ①

Sujeta una regla verticalmente. Apila 2 centímetros de monedas de 1¢ y 1 centímetro de monedas de 10¢.

Paso ②

Cuenta las monedas de 1¢ y las monedas de 10¢. Haz una tabla de conteo para **registrar** el número de monedas que hay en cada pila.

Pilas de monedas

moneda	conteo
de 1¢	
de 10¢	

Paso ③

Usa los datos de la tabla de conteo para describir las pilas de monedas.

Sacar conclusiones

¿Cómo te ayudó la tabla de conteo a **registrar** tus observaciones? 4.e

Examinación independiente

Apila 1 centímetro de monedas de 5¢ y 1 centímetro de monedas de 25¢. Haz una gráfica de barras para **registrar** y mostrar cuántas monedas hay en cada pila. Habla sobre lo que descubras. 4.e

4.e

VOCABULARIO
datos
tabla de conteo
gráfica de dibujos
gráfica de barras

COMPARAR Y CONTRASTAR

Busca en la lectura las semejanzas y las diferencias que hay entre las tablas de conteo, las gráficas de dibujos y las gráficas de barras.

Recolectar datos

Cuando investigas, recolectas **datos**, o información. Imagina que quieres saber cuántas monedas de 1¢, 5¢ y 10¢ hay en una pila. Puedes clasificar las monedas en tres grupos: monedas de 1¢, monedas de 5¢ y monedas de 10¢.

Para recordar el número de monedas que hay en cada grupo, puedes registrar los datos. Una forma de registrar los datos es usar una tabla de conteo. Una **tabla de conteo** es un diagrama que sirve para registrar datos.

 **Compara las monedas.**
¿Cómo sabes qué monedas pertenecen al mismo grupo?

Usar una tabla de conteo

1. Dibuja una tabla de conteo.

2. Escribe el título. El título describe el tipo de datos representados.

3. Escribe los rótulos. Los rótulos identifican los datos.

4. Recolecta los datos.

5. Registra los datos. Haz una marca de conteo por cada moneda. Dibuja las marcas en grupos de cinco para que sea más fácil contarlas. Las cinco marcas de conteo deben verse así: ||||

Práctica

1. ¿Cuántas monedas de 1¢ hay?

2. ¿Cuántas monedas de 5¢ y 10¢ hay?

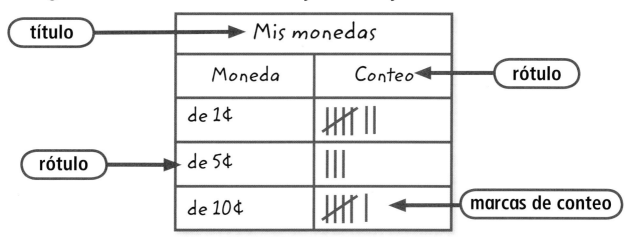

Mis monedas	
Moneda	Conteo
de 1¢	||||| ||
de 5¢	|||
de 10¢	|||||	

3. ¿Cuántas más monedas de 10¢ que de 5¢ hay?

COMPARAR Y CONTRASTAR ¿Qué semejanzas hay entre las hileras de esta tabla de conteo? ¿Qué diferencias hay?

Usar una gráfica de dibujos

Puedes mostrar los datos en tu tabla de conteo de diferentes maneras. Una **gráfica de dibujos** es un diagrama que muestra datos. En una gráfica de dibujos, cada dibujo representa una cosa. Imagina que recolectaste datos y los registraste en esta tabla de conteo.

Mis monedas	
Moneda	Conteo
de 1¢	⑅⑅⑅⑅⑅ ‖
de 5¢	‖‖
de 25¢	⑅⑅⑅⑅⑅ ‖

Ahora quieres mostrar los datos en una gráfica de dibujos.

Cómo hacer una gráfica de dibujos

1. Dibuja la gráfica de dibujos.

2. Escribe el título.

3. Escribe los rótulos.

4. Escribe la clave. La clave explica qué representa cada dibujo de la gráfica.

5. Registra los datos de tu tabla de conteo. Representa cada moneda con un círculo.

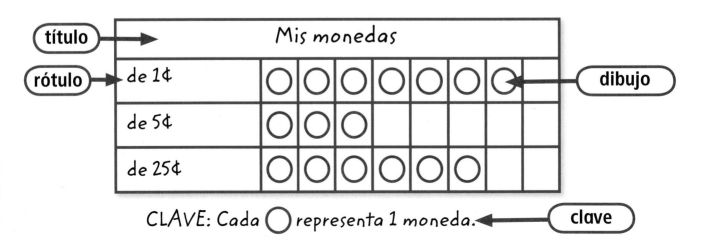

Práctica

Estudia la siguiente gráfica de dibujos.
Cuenta el número de dibujos que hay en cada
hilera. Compara las hileras.

1. ¿Qué hilera tiene más dibujos?

2. ¿Qué dos hileras tienen el mismo número
   de dibujos?

3. ¿Cuántas monedas de 5¢ y 1¢ hay?

4. ¿Cuántas más monedas
   de 5¢ que de 10¢ hay?

Destreza clave **COMPARAR Y CONTRASTAR** ¿Qué
semejanzas hay entre una tabla de
conteo y una gráfica de dibujos?
¿Qué diferencias hay?

Usar una gráfica de barras

Otra manera de mostrar datos es usar una gráfica de barras. Una **gráfica de barras** es un diagrama que muestra datos. En una gráfica de barras, cada barra indica cuánto hay de una cosa. Imagina que recolectaste datos y los registraste en esta tabla de conteo.

Mis monedas	
Moneda	Conteo
de 25¢	IIII
de 5¢	IIII
de 1¢	II

Ahora quieres mostrar los datos en una gráfica de barras.

Cómo hacer una gráfica de barras

1. Dibuja la gráfica de barras.

2. Escribe el título.

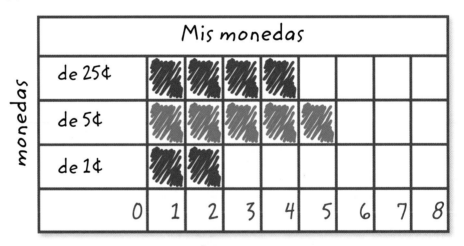

CLAVE: Cada 🖉 representa 1 moneda.

3. Escribe los rótulos.

4. Numera los recuadros que forman las barras. Comienza desde el cero.

5. Registra los datos de tu tabla de conteo. Colorea un recuadro por cada número.

Practica cómo hacer una gráfica de barras

1. Dibuja una gráfica de barras para mostrar los datos de esta tabla de conteo.

2. Escribe el título y todos los rótulos.

3. Numera los recuadros que forman las barras de la gráfica.

4. Colorea un recuadro por cada moneda de la tabla de conteo.

Mis monedas	
Moneda	Conteo
de 25¢	卌 IIII
de 10¢	卌
de 5¢	卌 II
de 1¢	卌

Practica cómo leer una gráfica de barras

5. ¿Cuántas monedas de 25¢ hay?

6. ¿Cuántas más monedas de 5¢ que de 10¢ hay?

7. ¿Cuántas monedas de 25¢, 10¢ y 5¢ hay en total?

Destreza clave — COMPARAR Y CONTRASTAR

¿Qué semejanzas hay entre una gráfica de dibujos y una gráfica de barras? ¿Qué diferencias hay?

Minilab

Muestra datos

Haz una pila pequeña de monedas sobre tu escritorio. Forma grupos. Registra los datos en una tabla de conteo. Luego, muestra los datos en una gráfica de dibujos o en una gráfica de barras. ¿Cómo decidiste qué gráfica usar?

Pregunta esencial

¿Cómo usamos las gráficas?

En esta lección, aprendiste a usar tablas de conteo para registrar datos. También aprendiste a usar gráficas de dibujos y gráficas de barras para mostrar datos.

Estándares de Investigación y Experimentación en esta lección

4.e Construir gráficas de barras usando ejes debidamente identificados.

1. **Destreza clave COMPARAR Y CONTRASTAR**
Haz una gráfica como la que sigue. Describe las semejanzas y las diferencias que hay entre las tablas de conteo, las gráficas de dibujos y las gráficas de barras. **4.e**

(semejanzas)———(diferencias)

2. **SACAR CONCLUSIONES** ¿Cuándo usarías una gráfica de dibujos para mostrar datos? **4.e**

3. **VOCABULARIO** Escribe una oración con las palabras **datos** y **gráfica**. **4.e**

Mis monedas								
de 25¢								
de 5¢								
de 1¢								
	0	1	2	3	4	5	6	7	8

monedas

CLAVE: Cada ▨ representa 1 moneda.

4. **Razonamiento crítico** ¿Por qué es útil hacer una tabla de conteo antes de dibujar una gráfica de barras? **4.e**

5. Estás leyendo una tabla de conteo con datos sobre diferentes monedas. Junto a las palabras **monedas de 5¢**, ves esto:

卌 卌 卌

¿Cuántas monedas de 5¢ hay? **4.e**

A 5 monedas de 5¢

B 12 monedas de 5¢

C 15 monedas de 5¢

D 20 monedas de 5¢

La idea **importante**

6. ¿Por qué es útil saber usar una gráfica de barras? **4.e**

Redacción ELA–W 1.1

Escribe para informar

1. Observa la tabla de conteo. Decide qué tipo de gráfica usarías para mostrar estos datos.

2. Haz la gráfica.

3. Escribe una oración para explicar por qué elegiste esa gráfica.

Monedas	
moneda	cuántas
moneda de 25¢	⊦⊦⊦⊦ ‖
moneda de 10¢	⊦⊦⊦⊦
moneda de 1¢	⊦⊦⊦⊦ ‖‖

Matemáticas SDAP 1.1, 1.2

Gráfica de barras

1. Tienes 8 monedas de 1¢, 6 de 5¢ y 7 de 10¢.

2. Haz una tabla de conteo. Registra cuántas monedas de cada tipo tienes.

3. Usa la tabla de conteo para hacer una gráfica de barras. Rotula las partes de la gráfica.

4. Comenta los resultados.

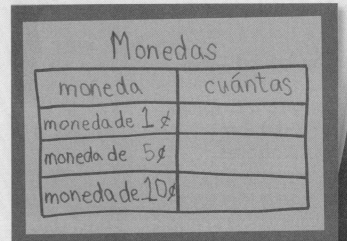

Monedas	
moneda	cuántas
moneda de 1¢	
moneda de 5¢	
moneda de 10¢	

Para hallar otros enlaces y actividades, visita **www.hspscience.com**

LECCIÓN 4

Investigación y Experimentación

4.b Medir la longitud, el peso, la temperatura y el volumen de líquidos usando instrumentos adecuados. Expresar los resultados en unidades del sistema métrico decimal.

4.d Escribir o dibujar secuencias de pasos, eventos u observaciones.

4.g Seguir instrucciones verbales para conducir una investigación científica.

Pregunta esencial

¿Cómo trabajan los científicos?

California: Dato breve

Juegos Olímpicos de 1984, en Los Angeles

En 1984, Los Angeles fue la sede de los Juegos Olímpicos. Los primeros Juegos Olímpicos se realizaron hace muchos años. La imagen que se ve en la moneda es la de un rey que fue campeón olímpico en la antigua Grecia.

Cuando quieres **investigar**, planeas y haces una prueba. Los científicos investigan para contestar una pregunta. pág. 40

LOS ANGELES CALIFORNIA 1984

Monedas iguales

Pregunta

¿De qué forma obtienen información sobre las cosas los científicos?

Prepárate

Sugerencia para la investigación
Cuando observas dos o más cosas, puedes compararlas.

Materiales

moneda de 25¢

5 monedas de 5¢

balanza

Qué hacer

Paso ①

Una moneda de 25¢ tiene el mismo valor que 5 monedas de 5¢. Pero, ¿tiene la misma masa? **Observa** y compara para hallar la respuesta.

Paso ②

Asegúrate de que la balanza esté equilibrada. Luego, pon la moneda de 25¢ en un lado de la balanza y las 5 monedas de 5¢ en el otro lado.

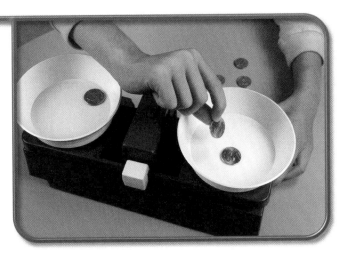

Paso ③

Observa y compara los dos lados de la balanza. ¿Están equilibrados?

Sacar conclusiones

¿Qué aprendiste sobre las masas de las monedas? **4.b**

> **Examinación independiente**
>
> Una moneda de 25¢ tiene el mismo valor que 2 monedas de 10¢ y una moneda de 5¢. Usa una balanza. La masa de la moneda de 25¢, ¿es mayor, menor o igual que la masa de 2 monedas de 10¢ y de una moneda de 5¢ juntas?

VOCABULARIO
investigar

ORDENAR EN SECUENCIA

Busca en la lectura el orden de los pasos que los científicos siguen al investigar.

Hacer investigaciones

Cuando los científicos quieren contestar una pregunta o resolver un problema, deben **investigar**, es decir, planear y hacer una prueba. A veces, tu maestro te pedirá que hagas una investigación. Sigue sus instrucciones con atención. Otras veces, podrás hacer tu propia investigación. Cuando investigues, usa un plan como este.

1 Observa y haz una pregunta.

Haz una pregunta que te gustaría contestar. Escribe lo que ya sabes sobre el tema de tu pregunta. Decide qué información necesitas.

¿Es la masa de una moneda real de 25¢ igual a la masa de una moneda de 25¢ de juguete?

2 Formula una hipótesis.

Escribe una hipótesis, es decir, una afirmación científica que puedas comprobar.

La masa de una moneda real de 25¢ es mayor que la masa de una moneda de 25¢ de juguete.

3 Planea una prueba controlada.

Una prueba controlada te mostrará lo que sucede. Haz una lista de los materiales que necesitarás y de los pasos que seguirás para hacer la prueba. Decide qué quieres aprender con la prueba.

Destreza clave **ORDENAR EN SECUENCIA**

¿Qué debes hacer después de formular una hipótesis?

Monedas de 25¢ mojadas

Moja una moneda de 25¢. Colócala en la boca de una botella de vidrio. Pon las manos alrededor del cuello de la botella. ¿Qué observas?

4 Haz la prueba.

Sigue los pasos de tu plan. Observa con atención. Registra todo lo que suceda.

¡Confirmé mi hipótesis!

5 Saca conclusiones y describe o muestra tus resultados.

Piensa en lo que descubriste. ¿Confirmaste tu hipótesis? Usa lo que descubriste para sacar conclusiones. Luego, describe o muestra los resultados a los demás.

Investiga más

Si confirmaste tu hipótesis, haz otra pregunta que quieras comprobar sobre el tema que elegiste. Si no confirmaste tu hipótesis, formula otra hipótesis y cambia la prueba.

Destreza clave **ORDENAR EN SECUENCIA** ¿Qué haces antes de sacar conclusiones?

¿Tendrá una moneda real de 10¢ la misma masa que una moneda de 10¢ de juguete?

Pregunta esencial

¿Cómo trabajan los científicos?

En esta lección, aprendiste los pasos que los científicos siguen al investigar.

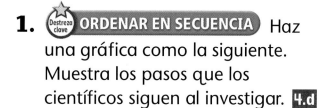

Estándares de Investigación y Experimentación en esta lección

4.d Escribir o dibujar secuencias de pasos, eventos u observaciones.

4.g Seguir instrucciones verbales para conducir una investigación científica.

1. **Destreza clave** ORDENAR EN SECUENCIA Haz una gráfica como la siguiente. Muestra los pasos que los científicos siguen al investigar. **4.d**

2. **SACAR CONCLUSIONES** ¿Cuándo usarías una tabla de conteo para registrar datos? **4.d**

3. **VOCABULARIO** Comenta algo sobre esta lección; usa la palabra **investigar**. **4.g**

4. **Razonamiento crítico** ¿Por qué es importante planear una prueba controlada? **4.d**

5. ¿Cuál es el paso que debes seguir después de formular una hipótesis? **4.d**

A observar y hacer una pregunta

B planear una prueba controlada

C sacar conclusiones

D investigar más

La idea
importante

6. ¿Qué pasos siguen los científicos para obtener información sobre las cosas? **4.d**

Redacción  ELA–W 1.1

Escribe para informar

1. Haz una pregunta que te gustaría contestar haciendo una prueba.

2. Haz una lista de todos los pasos que hay que seguir para hacer la prueba.

3. Lee la lista a tus compañeros.

4. Pídeles que sigan tus instrucciones.

Mi pregunta

1.

Matemáticas SDAP.1.1, 1.2

Gráfica de dibujos

1. Separa una pila pequeña de monedas en grupos de 1¢, 5¢ y 10¢.

2. Haz una tabla de conteo. Registra cuántas monedas de cada tipo tienes.

3. Con los datos de tu tabla de conteo, haz una gráfica de dibujos. Rotula las partes de la gráfica.

4. Comunica los resultados.

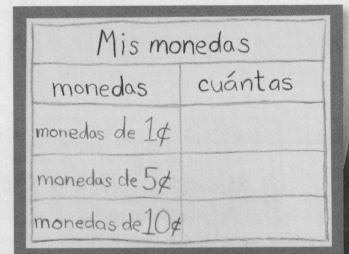

Mis monedas	
monedas	cuántas
monedas de 1¢	
monedas de 5¢	
monedas de 10¢	

 Para hallar otros enlaces y actividades, visita **www.hspscience.com**

◗ Resumen visual

Describe cómo cada ilustración ayuda a explicar la **idea importante**.

La idea importante Las personas aprenden sobre las Ciencias haciendo preguntas y realizando investigaciones.

4.a, 4.g

Puedes realizar investigaciones para aprender sobre las cosas. Puedes usar lo que sabes y lo que observas para hacer una predicción sobre lo que sucederá.

4.b, 4.c

Puedes medir la longitud, el peso, la temperatura y el volumen. Puedes clasificar los objetos según sus propiedades, como el tamaño y el color.

4.d, 4.e

monedas	Mis monedas	0	1	2	3	4	5	6	7	8
	de 25¢		▨	▨	▨	▨				
	de 5¢		▨	▨	▨	▨	▨			
	de 1¢		▨	▨						

CLAVE: Cada ▨ representa 1 moneda.

Puedes dibujar, escribir o usar números en tablas o gráficas para registrar tus observaciones.

4.f

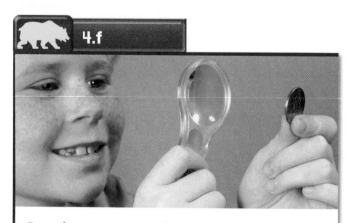

Puedes usar una lupa o un microscopio para observar los detalles de los objetos muy pequeños.

Muestra lo que sabes

Escribe sobre un inventor

Investiga quién inventó el microscopio u otro instrumento científico. Escribe algunas oraciones sobre ese inventor. Describe el instrumento científico. Dibújalo y rotula sus partes. Muestra lo que escribiste y lo que dibujaste al resto de la clase.

Proyecto de la unidad

Gráfica de barras sobre la lectura

Durante una semana, anota cuánto tiempo dedicas a la lectura. Registra en una tabla el número de horas que lees por día. Luego, haz una gráfica de barras con esos datos. Titula la gráfica y rotula sus partes. Muestra tu tabla y tu gráfica de barras al resto de la clase.

Repaso

Repaso del vocabulario

Usa los términos para completar las oraciones. Los números de página te indican dónde buscar ayuda si la necesitas.

destrezas de investigación pág. 6   **observar** pág. 6

instrumentos científicos pág. 16   **datos** pág. 28

gráfica de barras pág. 32   **investigar** pág. 40

1. Una _____ es un diagrama que sirve para mostrar datos.   `4.e`

2. Al _____, planeas y haces una prueba.   `4.d`

3. En Ciencias, usamos _____ para observar y medir cosas.   `4.f`

4. Los _____ son información que se usa en Ciencias.   `4.b`

5. Cuando quieres aprender sobre algo, usas los sentidos para _____.   `4.f`

6. Las _____ son destrezas que las personas usan para aprender sobre las cosas.   `4.c`

Comprueba lo que aprendiste

7. ¿Qué instrumentos científicos se ven en la ilustración? **4.b**

    A un termómetro y una lupa

    B una regla y un gotero

    C una taza de medir y una regla

    D una caja con lente y una balanza

8. ¿Qué son las destrezas de investigación? Nombra algunas destrezas de investigación. **4.a**

Razonamiento crítico

9. ¿Qué semejanzas hay entre una tabla de conteo y una gráfica de dibujos? ¿Qué diferencias hay? **4.e**

La idea
importante

10. ¿Cómo pueden aprender sobre las Ciencias las personas? **4.g**

El movimiento

Estándares de California en esta unidad

1 El movimiento de objetos puede ser observado y medido. Bases para entender este concepto:

1.a Saber que la posición de un objeto se puede describir dando su posición con respecto a otro objeto o con respecto al entorno.

1.b Saber que el movimiento de un objeto puede describirse dando el cambio de su posición conforme transcurre el tiempo.

1.c Saber que el movimiento de un objeto cambia cuando se le empuja o jala. La magnitud del cambio está relacionada con la magnitud de la fuerza que lo empuja o jala.

1.d Conocer instrumentos y máquinas utilizados para empujar y jalar (aplicar fuerzas sobre) objetos y hacer que éstos se muevan.

1.e Saber que, a menos que algo los detenga, los objetos cerca de la Tierra caen al suelo.

1.f Saber que algunos objetos se pueden mover sin tocar usando imanes.

1.g Saber que el sonido es producido por objetos que vibran y que se le puede describir según su tono y volumen.

Esta unidad también incluye los siguientes Estándares de Investigación y Experimentación:

4.a, **4.b**, **4.d**, **4.e**, **4.g**

¿Cuál es la idea importante?

El movimiento de los objetos se puede observar y medir.

Preguntas esenciales

San Francisco

Querido Ernesto:

Hoy fui con mi clase al Museo del Tranvía. Hace más de cien años que existen los tranvías. Aprendimos que los vagones se mueven sobre rieles y están sujetos a cables móviles. Esos cables usan la electricidad para jalar el tranvía.

Tu amigo,

Rashad

Lee la postal. ¿Qué aprendió Rashad sobre la forma como los tranvías se mueven? ¿Cómo ayuda eso a explicar la **idea importante**?

Examinación de la unidad

Metales e imanes

¿De qué forma los imanes mueven algunos objetos sin tocarlos? Planea y haz una prueba para descubrirlo.

Estándares de Ciencia

1.a Saber que la posición de un objeto se puede describir dando su posición con respecto a otro objeto o con respecto al entorno.

Investigación y Experimentación

4.b Medir la longitud, el peso, la temperatura y el volumen de líquidos usando instrumentos adecuados. Expresar los resultados en unidades del sistema métrico decimal.

Pregunta esencial

¿Cómo describimos la posición?

California: Dato breve

El puente Bay Bridge entre San Francisco y Oakland

¡Mira cuántos carros cruzan el puente para ir de una ciudad a otra! Puedes usar un mapa para hallar la distancia que hay entre dos lugares.

La **posición** es el lugar donde está un objeto.
pág. 56

La **distancia** es la medida de la longitud que hay entre dos cosas.
pág. 60

Un **centímetro** es una medida de distancia o de longitud. pág. 60

Un **metro** es una unidad que se usa para medir la longitud, el ancho o la altura de algo. Un metro equivale a 100 centímetros.
pág. 60

La distancia entre los objetos

Pregunta

¿Por qué es importante medir bien la distancia?

Prepárate

Sugerencia para la investigación
Para medir la distancia puedes usar un instrumento, como una regla.

Materiales

piedras

regla

tiza

Qué hacer

Paso 1

Pon piedras a ambos lados de una línea de tiza.

Paso 2

Mide la distancia que hay entre la línea y una de las piedras.

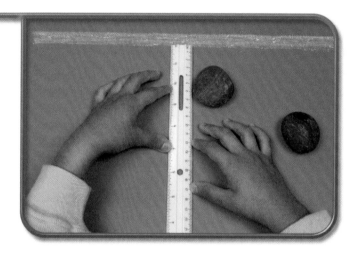

Paso 3

Dile a un compañero cuál es la distancia. Pídele que mida la distancia a cada piedra para descubrir qué piedra elegiste.

Sacar conclusiones

¿De qué forma medir te ayuda a describir la ubicación de un objeto?

4.b

Examinación independiente

Mide y registra la distancia que hay entre dos piedras. Pide a un compañero que también mida esa distancia. ¿Obtienen los mismos resultados?

4.b

VOCABULARIO

posición   centímetro
distancia   metro

Destreza clave — IDEA PRINCIPAL Y DETALLES

Busca en la lectura algunos detalles sobre la forma como puedes describir dónde está algo.

La posición

La **posición** de un objeto es el lugar donde está con respecto a otra cosa. Describir la posición de un objeto es una forma de explicar dónde está. Comparas su posición con la de algo que no se está moviendo.

Para comparar, puedes usar palabras como *delante* y *detrás*. En esta ilustración, el oso está *delante* de la rana. El cubo está *detrás* del camión. El oso está *a la derecha* del camión. El tambor está *a la izquierda* del cubo.

Puedes decir que la muñeca está *encima* del tambor. El bloque rojo está *abajo* del bloque verde. La posición de un objeto se puede describir de muchas formas.

IDEA PRINCIPAL Y DETALLES ¿Cómo puedes describir la posición de un objeto?

¿Cómo puedes describir la posición de los objetos de esta ilustración?

Otras formas de describir la posición

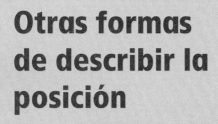

La posición de un objeto también se puede describir de otra forma. Al igual que antes, debes compararla con la posición de otra cosa. Pero esta vez el objeto está lejos. Recuerda que el segundo objeto no se puede estar moviendo.

¿Cómo puedes describir la posición de las cosas de esta ilustración?

En la siguiente ilustración, los senderistas están *delante* de la montaña.

Cuando hay una hilera de cosas detrás de un objeto, puedes describir su posición de otra forma. ¿Dónde está el poste de la luz con respecto a la hilera de casas? Y, ¿dónde está la furgoneta?

En la siguiente ilustración, el niño más grande está delante de la quinta estaca de la cerca contando desde la izquierda.

Destreza clave **IDEA PRINCIPAL Y DETALLES**

¿Qué detalles son importantes al describir dónde está algo?

Distancia y posición

La **distancia** es la medida de la longitud que hay entre dos objetos. Para medir, puedes usar una regla. También puedes usar una cinta métrica o una regla de un metro.

Algunas reglas están divididas en **centímetros**. Cada centímetro en la regla está indicado por una marca. Un centímetro mide lo mismo en todas las reglas. Un **metro** equivale a 100 centímetros. Un metro también mide siempre lo mismo. La distancia se puede medir en centímetros y en metros.

1 ¿Qué están midiendo estos niños? ¿Qué instrumento están usando para medir?

2 Para medir esta distancia en el suelo, se usan metros y centímetros.

Mi mapa del tesoro

A veces, las distancias ayudan a describir una posición. Usa el mapa para encontrar el tesoro.

1. Comienza en la X.

2. Cuenta 5 recuadros hacia la derecha.

3. Cuenta 3 recuadros hacia arriba.

4. Cuenta 4 recuadros hacia la izquierda.

5. Cuenta 6 recuadros hacia abajo.

6. Pide a tu maestro que compruebe si encontraste el tesoro.

Simón dice...

Minilab

Simón dice. . .

Juega a "Simón dice" con tus compañeros. Simón deberá usar palabras que indiquen distancia y posición.

Destreza clave IDEA PRINCIPAL Y DETALLES ¿Cómo puedes usar la distancia y la posición para hallar un lugar?

Pregunta esencial

¿Cómo describimos la posición?

En esta lección, aprendiste diferentes formas de describir la posición de un objeto con respecto a otro.

Estándares de Ciencia en esta lección

1.a Saber que la posición de un objeto se puede describir dando su posición con respecto a otro objeto o con respecto al entorno.

1. **Destreza clave** IDEA PRINCIPAL Y DETALLES

Haz una gráfica como la siguiente. Escribe algunos detalles sobre esta idea principal: **Puedes describir la posición de un objeto.** **1.a**

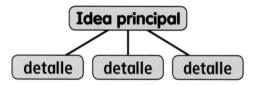

Idea principal — detalle detalle detalle

2. **SACAR CONCLUSIONES** ¿Cuándo es útil medir la longitud de los objetos? **1.a**

3. **VOCABULARIO** Escribe una oración con la palabra **distancia**. **1.a**

4. Razonamiento crítico

¿Qué opción describe mejor la posición de un objeto? **1.a**

A la acera

B la mesa de la izquierda

C delante

D abajo del árbol

5. ¿Qué son los centímetros y los metros? **1.a**

La idea importante

6. ¿Qué se necesita para describir la posición de un objeto? **1.a**

Redacción  ELA–W 1.1

Escribe para describir

1. Piensa en un objeto del salón de clases. No digas qué es ni lo mires.

2. Escribe varias oraciones para describir la posición del objeto.

3. Lee las oraciones a tus compañeros. Pídeles que traten de descubrir qué objeto describen las oraciones.

Donde mi objeto está.

 Matemáticas SDAP 1.1, 1.2

Gráfica de barras sobre saltos largos

1. Ponte detrás de una línea. Salta lo más lejos que puedas. Marca con otra línea el lugar donde caigas.

2. Mide la distancia. Vuelve a hacer lo mismo dos veces más.

3. En una tabla, registra la distancia de cada salto.

4. Haz una gráfica de barras para mostrar los datos de la tabla. Rotula las partes.

Saltos largos

saltos	distancia en centímetros

 Para hallar otros enlaces y actividades, visita **www.hspscience.com**

Estándares de Ciencia

1.b Saber que el movimiento de un objeto puede describirse dando el cambio de su posición conforme transcurre el tiempo.

Investigación y Experimentación

4.a Hacer predicciones basándose en patrones observados, en contraste con adivinar al azar.

LECCIÓN

2

Pregunta esencial

¿Cómo describimos el movimiento?

California: Dato breve

Montaña rusa del parque Knott's Berry Farm, en Buena Park

Los carritos bajan por la montaña rusa y toman las curvas con la misma rapidez que los carros circulan por una carretera. ¡Eso sí que es moverse!

El **movimiento** es un cambio de posición. Cuando algo se mueve, está en movimiento. pág. 68

La **velocidad** describe la rapidez con que algo se mueve. Es la distancia que algo recorre en una cierta cantidad de tiempo. pág. 70

Cómo se mueven las cosas

Pregunta

¿Qué recorrido piensas que seguirá la bola de boliche?

Prepárate

Sugerencia para la investigación
Cuando predices, usas lo que sabes para explicar lo que piensas que sucederá.

Materiales

tiza

reloj

Qué hacer

Paso ①

Predice qué distancia recorrerá un compañero en 30 segundos caminando, brincando y corriendo. Marca su punto de partida.

Paso ②

Pide a tu compañero que camine durante 30 segundos. Marca el lugar donde se detenga.

Paso ③

Repite el paso anterior dos veces. Primero, pide a tu compañero que brinque. Luego, pídele que corra.

Sacar conclusiones

¿Fueron correctas tus predicciones? ¿De qué forma recorrió una mayor distancia tu compañero en 30 segundos?

4.a

Examinación independiente

Piensa en otras formas de moverse. **Predice** cuáles son las más rápidas y las más lentas. Observa a un compañero moviéndose en cada una de esas formas. ¿Fueron correctas tus predicciones?

4.a

VOCABULARIO
movimiento
velocidad

IDEA PRINCIPAL Y DETALLES

Busca en la lectura algunos detalles sobre las formas como se puede describir el movimiento.

El movimiento

Cuando algo se mueve, está en movimiento. El **movimiento** es un cambio de posición. Una pelota que rueda está en movimiento.

Los objetos pueden moverse de muchas formas. Un carro de juguete puede moverse en línea recta. Un columpio se mueve hacia atrás y hacia delante en línea curva. Las manecillas de un reloj se mueven en círculo.

¿Cómo se están moviendo los objetos de esta ilustración?

CAMPO DE MINIGOLF

Una pelota de golf puede cambiar de dirección muchas veces durante su recorrido hacia un hoyo.

Una pelota se mueve en línea recta si nada la toca. Pero su recorrido puede cambiar si algo la toca. Puede cambiar de dirección.

Destreza clave **IDEA PRINCIPAL Y DETALLES** ¿Cuáles son algunas formas en que un objeto puede moverse?

La velocidad

La **velocidad** es la medida de la rapidez con que algo se mueve. Diferentes objetos se mueven a diferentes velocidades. Un carro se mueve más rápido que una bicicleta. Una persona que está corriendo se mueve más rápido que otra que está caminando.

Piensa en los ciclistas que participan en una carrera. Todos comienzan al mismo tiempo. Corren por la misma pista y recorren la misma distancia. El primer ciclista que llega a la meta gana. Ese ciclista fue el que se movió más rápido, o a la mayor velocidad. El último ciclista se movió más lentamente, o a la menor velocidad.

La bicicleta que se mueva a la mayor velocidad será la primera en terminar la carrera.

Piensa en los atletas que participan en una carrera cronometrada. Si corren por un minuto, se mide la distancia que cada uno recorre en ese minuto. Quien llega más lejos es el ganador. Ese corredor se ha movido más rápido, o a mayor velocidad, que los demás.

Los surfistas se mueven por el agua a gran velocidad. ¿Qué hace que se muevan tan rápido?

Destreza clave **IDEA PRINCIPAL Y DETALLES**

¿Qué es la velocidad?

Cambios de movimiento y velocidad

Es posible cambiar el movimiento. Un objeto empieza a moverse, luego se mueve más rápido, cambia de dirección, se mueve más lentamente y por último se detiene.

Una hoja cae de un árbol y comienza a moverse hacia el suelo. Queda atrapada en un arbusto y se detiene. Un viento fuerte la vuelve a poner en movimiento y quizás la haga cambiar de dirección.

Los caballos tienen diferentes pasos, o formas de moverse. Cuando marchan o trotan se mueven más lentamente que cuando galopan.

Imagina que sales a correr. Primero, caminas para calentar los músculos. Luego, comienzas a correr. Corres más rápido. Cuando te cansas, reduces la velocidad. Caminas para enfriar los músculos. Luego, te detienes.

Cada vez que comienzas a moverte, cambia tu posición. También puede cambiar tu velocidad.

Imagina que estás en un zoológico. Al moverte de un lugar a otro, cambias de posición y de dirección muchas veces.

Si tienes prisa por ver lo que sigue, caminas más rápido. Cuando llegas, te detienes a observar los animales. Luego, comienzas a caminar de nuevo.

IDEA PRINCIPAL Y DETALLES

Describe cómo puede cambiar el movimiento de un objeto.

Minilab

¡Mira cómo se mueve!

Trabaja con dos compañeros. Uno de ustedes deberá moverse en diferentes direcciones y a diferentes velocidades durante un minuto. Los otros dos deberán escribir oraciones para describir lo que observen y luego comprobar si observaron lo mismo.

Pregunta esencial

¿Cómo describimos el movimiento?

En esta lección, aprendiste que puedes describir el movimiento de un objeto mostrando cómo cambia de posición con el tiempo.

Estándares de Ciencia en esta lección

1.b Saber que el movimiento de un objeto puede describirse dando el cambio de su posición conforme transcurre el tiempo.

1. **Destreza clave** IDEA PRINCIPAL Y DETALLES
Haz una gráfica como la siguiente. Escribe algunos detalles sobre esta idea principal: **Puedes describir el movimiento de un objeto.** **1.b**

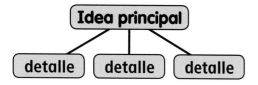

2. **RESUMIR** Escribe una oración para explicar de qué trata esta lección. **1.b**

3. **VOCABULARIO** Describe esta ilustración; usa las palabras **movimiento** y **velocidad.** **1.b**

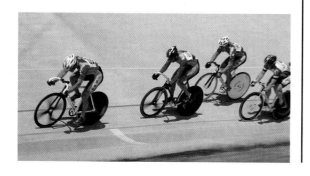

4. **Razonamiento crítico**
¿Qué palabras describen la velocidad de un objeto en movimiento? **1.b**

A curva, recta

B hacia atrás, hacia delante

C rápida, lenta

D lejana, cercana

5. **Investigación** ¿Qué te ayuda a hacer predicciones sobre el movimiento de una bola de boliche? **4.a**

La idea importante

6. ¿Qué puedes observar sobre un objeto que está en movimiento? **1.b**

Redacción ELA–W 1.1

Escribe para describir

1. Piensa en algunas cosas que se mueven afuera.

2. Escribe varias oraciones para describir la dirección y la velocidad de esas cosas.

3. Comenta las oraciones con un compañero.

> Veo un avión volando en línea recta. Se mueve muy rápido.

 Matemáticas MG 1.3; SDAP 1.1, 1.2

Gráfica de barras sobre la velocidad

1. Pega en el piso una línea de cinta de enmascarar de 4 metros de largo.

2. Recorre la longitud de la línea caminando. Tu compañero tomará el tiempo. Vuelve a recorrer esa distancia saltando con los dos pies y en un solo pie.

3. En una tabla, muestra cuánto tardaste en recorrer la línea al moverte de diferentes formas.

4. Haz una gráfica de barras con los datos de la tabla. Rotula las partes de la gráfica.

Tiempo que tardamos en movernos

Tipo de movimiento	Tiempo en segundos

 Para hallar otros enlaces y actividades, visita **www.hspscience.com**

Estándares de California en esta lección

Estándares de Ciencia

1.c Saber que el movimiento de un objeto cambia cuando se le empuja o jala. La magnitud del cambio está relacionada con la magnitud de la fuerza que lo empuja o jala.

Investigación y Experimentación

4.e Construir gráficas de barras usando ejes debidamente identificados.

LECCIÓN

3

Pregunta esencial

¿Cómo movemos los objetos?

California: Dato breve

El río American

El tramo South Fork del río American es uno de los lugares favoritos en California para practicar el balsismo.

Una **fuerza** es la acción de empujar o de jalar que puede cambiar la forma en que un objeto se mueve. pág. 80

La **fricción** es una fuerza que hace que un objeto en movimiento pierda rapidez o se detenga al rozar otro objeto.
pág. 84

Empujar y jalar

Pregunta

¿Cuándo empujas y cuándo jalas al jugar en el patio de recreo?

Prepárate

Sugerencia para la investigación

Cuando **registras** tus observaciones, haces dibujos o escribes sobre lo que observas.

Materiales

papel y lápiz

Qué hacer

Paso ①

Haz una tabla de conteo como esta.

Empujar y jalar	
¿Empujé o jalé?	Conteo
empujé	
jalé	

Paso ②

Mueve 10 objetos. **Registra** si empujaste o jalaste cada objeto.

Paso ③

Haz una gráfica de barras con los datos de tu tabla de conteo. Rotula las partes de la gráfica. Luego, compara tu gráfica de barras con las de tus compañeros.

Sacar conclusiones

¿Cómo moviste más objetos: empujando o jalando? **1.c**

Examinación independiente

Haz otra tabla de conteo para **registrar** las veces que empujas y jalas objetos en tu casa o afuera. Muestra los datos en una gráfica de barras. **4.e**

VOCABULARIO
fuerza
fricción

Destreza clave CAUSA Y EFECTO

Busca en la lectura los efectos que las fuerzas tienen sobre los objetos.

Las fuerzas y el movimiento

Puedes empujar o jalar un objeto para cambiarlo de lugar. Si empujas un columpio, este se aleja de ti. Si jalas un columpio, lo acercas hacia ti. Cada vez que empujas o jalas, usas una **fuerza**.

jalar

empujar

¿Qué fuerzas usan las niñas para cambiar la dirección de la pelota?

¿Qué hace el malabarista para cambiar la dirección de las mazas?

Puedes usar una fuerza para cambiar la dirección de un objeto en movimiento. Cuando juegas al béisbol, lanzas la pelota. Al lanzarla, la empujas. La pelota se aleja de ti.

Mira al malabarista. Lanza las mazas al aire y las atrapa. ¿Qué hace el malabarista para cambiar la dirección de las mazas en movimiento?

 **CAUSA Y EFECTO**   ¿Qué causa que los objetos se muevan?

La magnitud de las fuerzas

Necesitas una fuerza pequeña para hacer que una pelota liviana se mueva rápido. Pero necesitas más fuerza para hacer que una pelota pesada se mueva igual de rápido.

Si usas mucha fuerza, puedes hacer que un objeto se mueva rápido. Una patada fuerte empuja una pelota más rápido que una patada suave.

Puedes empujar un objeto en movimiento para hacer que pierda rapidez. La pelota de la ilustración se mueve muy rápido. La niña empuja la pelota para detenerla. Luego, la jala para acercarla.

Destreza clave CAUSA Y EFECTO ¿Qué puede cambiar la velocidad de un objeto en movimiento?

Minilab

Cambia la dirección de una pelota

Muestra cómo puedes cambiar la dirección de una pelota con una patada. ¿Qué sucede cuando pateas la pelota de lado?

La fricción

La **fricción** es una fuerza que hace que un objeto en movimiento pierda rapidez o se detenga al rozar otro objeto. La cadena de una bicicleta roza los engranajes. Una cadena oxidada hace que sea más difícil pedalear una bicicleta.

Las superficies lisas causan menos fricción que las ásperas. Las superficies lisas no reducen tanto la rapidez de los objetos en movimiento. Es más fácil montar una bicicleta con una cadena lisa y limpia que una bicicleta con una cadena áspera y oxidada.

CAUSA Y EFECTO ¿Qué efecto tiene la fricción sobre los objetos en movimiento?

Los frenos de una bicicleta

Los frenos detienen una bicicleta mediante la fricción. Durante la mayor parte del tiempo que estás montando en bicicleta, los frenos no tocan las ruedas. No hay fricción.

Para detener la bicicleta, presionas los frenos contra las ruedas. Los frenos rozan las ruedas y causan fricción. Las ruedas giran cada vez más lentamente hasta que dejan de moverse.

sin frenar

frenando

Pregunta esencial

¿Cómo movemos los objetos?

En esta lección, aprendiste que podemos cambiar el movimiento de los objetos al empujarlos o al jalarlos. Cuanto mayor sea la fuerza con que se empuja o jala un objeto, más cambiará su movimiento.

Estándares de Ciencia en esta lección

1.c Saber que el movimiento de un objeto cambia cuando se le empuja o jala. La magnitud del cambio está relacionada con la magnitud de la fuerza que lo empuja o jala.

1. (Destreza clave) **CAUSA Y EFECTO** Haz una gráfica como la siguiente. Muestra los efectos que empujar y jalar tienen sobre los objetos. **1.c**

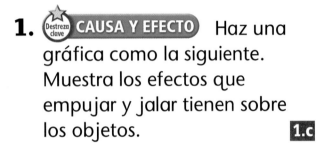

2. SACAR CONCLUSIONES ¿Por qué un objeto en movimiento pierde rapidez o se detiene? **1.c**

3. VOCABULARIO Describe qué sucede en esta ilustración; usa la palabra **fuerza**. **1.c**

4. Razonamiento crítico
¿Por qué una pelota cambia de dirección si la golpeas de lado? **1.c**

5. Mae golpeó una pelota de béisbol suavemente. Luego, la golpeó con más fuerza. ¿Qué efecto tuvo esta mayor fuerza sobre la pelota? **1.c**

A La pelota se movió más lentamente.

B La pelota se movió más rápidamente.

C La pelota dejó de moverse.

D La pelota se movió hacia un lado.

La idea
importante

6. ¿Qué se necesita para hacer que un objeto se mueva, deje de moverse, cambie de dirección o cambie de velocidad? **1.c**

Redacción **ELA–W 1.1**

Escribe para describir

1. Piensa en un deporte o un juego en el que tengas que moverte.

2. ¿Cómo usas las fuerzas cuando lo juegas?

3. Escribe una descripción sobre la forma como usas las fuerzas para jugar a ese deporte o juego.

4. Comenta tu descripción con el resto de la clase.

Juego al fútbol. Pateo la pelota.

123 **Matemáticas** **NS 2.2; MG 1.3**

Medición matemática

1. Haz rodar un carro de juguete por una rampa. Con una regla de un metro, mide cuánto avanza después llegar a la base de la rampa.

2. Registra la distancia.

3. Coloca una toalla sobre la rampa. Repite los pasos 1 y 2.

4. Observa. ¿Cuál es la diferencia entre las distancias? ¿Por qué son diferentes?

Cuánto avanza un carro

Sin la toalla	
con la toalla	

 Para hallar otros enlaces y actividades, visita **www.hspscience.com**

Los estudios de cine de Los Angeles

¿Te gustan las películas? Muchas personas que viven en Los Angeles trabajan en la industria del cine. Algunas se dedican a los efectos sonoros. Los efectos sonoros son los sonidos que oyes en una película. Esos efectos hacen que las escenas parezcan más reales.

Otras personas se encargan de los efectos visuales. Los efectos visuales son todos los trucos que ves en una película. Algunos efectos visuales permiten que los modelos en miniatura parezcan del tamaño real.

Gracias al trabajo de los especialistas en efectos sonoros y visuales, ver una película es algo muy emocionante.

entrada de un estudio de cine

◀ Una grúa mueve a este camarógrafo para que pueda tener una buena ubicación desde donde filmar.

Piensa y escribe

¿Por qué son importantes los efectos sonoros y visuales de una película?

equipo de sonido

Estándares de Ciencia

1.d Conocer instrumentos y máquinas utilizados para empujar y jalar (aplicar fuerzas sobre) objetos y hacer que éstos se muevan.

Investigación y Experimentación

4.d Escribir o dibujar secuencias de pasos, eventos u observaciones.

4.e Construir gráficas de barras usando ejes debidamente identificados.

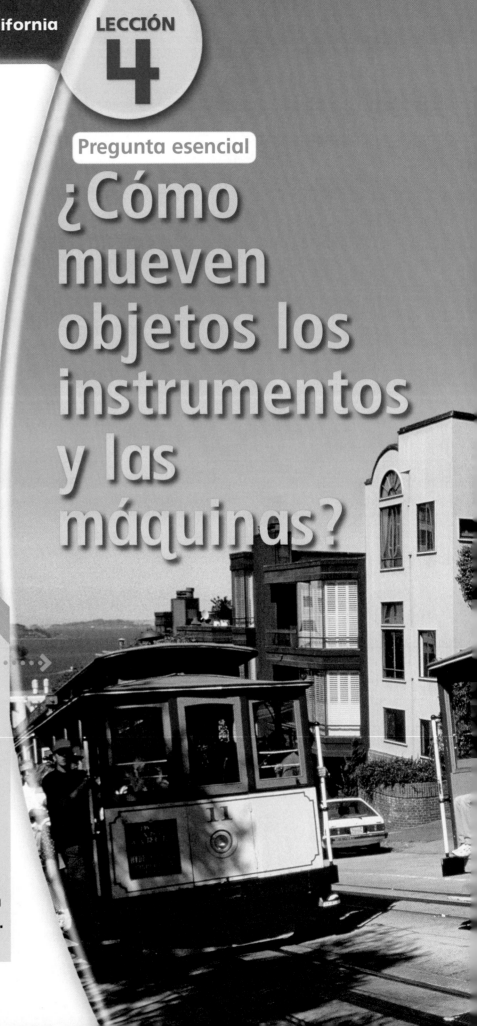

Pregunta esencial

¿Cómo mueven objetos los instrumentos y las máquinas?

California: Dato breve

Los tranvías

San Francisco es una ciudad muy conocida por sus tranvías. Cada tranvía está enganchado a un cable, o cuerda de alambre, que pasa por debajo de la calle. Unos motores jalan el cable. Cuando el cable se mueve, también lo hacen el tranvía y los pasajeros.

Un **instrumento** es un objeto que las personas usan para hacer una tarea determinada. Un instrumento ayuda a aplicar más fuerza justo donde se la necesita. pág. 94

Una **máquina** es un aparato que usa energía para hacer una tarea. A veces sirve para mover cosas. pág. 96

Instrumentos y máquinas que usamos

Examinación dirigida

Pregunta

¿De qué forma usar un buldócer ayuda a las personas a mover cosas?

Prepárate

Sugerencia para la investigación
Puedes registrar tus observaciones escribiendo algo sobre ellas o haciendo dibujos.

Materiales

papel y lápiz

Qué hacer

Paso 1

Observa las formas en que los instrumentos y las máquinas del salón de clases hacen mover los objetos.

Paso 2

Haz una tabla como esta. **Registra** tus observaciones en la tabla.

Instrumentos y máquinas que usamos	
Instrumento o máquina	Qué mueve

Paso 3

Dibuja y rotula los instrumentos y las máquinas. Muestra cómo hacen mover los objetos.

Sacar conclusiones

¿De qué forma usar instrumentos y máquinas ayuda a las personas a mover cosas? **1.d**

Examinación independiente

Observa algunos instrumentos y máquinas que haya fuera de tu escuela. **Registra** lo que observes sobre las formas en que las personas usan los instrumentos y las máquinas para mover cosas. **1.d**

93

VOCABULARIO
instrumento
máquina

⭐ **CAUSA Y EFECTO**
Destreza clave

Busca en la lectura los efectos que los instrumentos y las máquinas tienen sobre los objetos.

Los instrumentos

Un **instrumento** es un objeto que usas para hacer una tarea. Por lo general, se sujeta con las manos. El instrumento te permite aplicar más fuerza y dirigirla justo al lugar donde la necesitas. Un instrumento te ayuda a mover objetos.

Un rastrillo es un instrumento que sirve para jalar las hojas. Un martillo es otro instrumento. Al golpear un clavo con un martillo, aplicas más fuerza de la que usarías si lo golpearas solo con las manos. El martillo también te ayuda a dirigir la fuerza justo sobre el clavo.

El niño y su abuela empujan los clavos en la madera con un martillo.

¿De qué forma el rastrillo ayuda a la niña a mover las hojas?

¿Cómo está usando el bate el niño?

Un bate de béisbol también es un instrumento. Imagina que eres un bateador. Cuando la pelota se te acerca, la golpeas con el bate. El bate empuja la pelota y la hace cambiar de dirección. Entonces, la pelota regresa al campo de juego.

Destreza clave **CAUSA Y EFECTO** ¿Cuál es el efecto de usar un instrumento para mover algo?

Minilab

¡Muévela!
Mueve una pila pequeña de arena con los dedos. Luego, mueve la arena con una cuchara. ¿Cómo te ayudó el instrumento?

¿De qué forma usan un instrumento para mover el disco estos niños?

Las máquinas

Una **máquina** es un objeto que puede ayudar a las personas a mover cosas.

Una perforadora es una máquina que hace agujeros en muchas hojas de papel a la vez. Al hacer agujeros con una perforadora, puedes producir más fuerza de la que producirías sin una máquina. También puedes dirigir tu fuerza justo al lugar donde la necesitas.

Un carrito te ayuda a mover objetos que son demasiado grandes o demasiado pesados para que los muevas solo. ¿De qué forma el carrito ayuda a la niña a mover los libros?

perforadora

escalera mecánica

licuadora

Algunas máquinas tienen motor. Los motores funcionan con electricidad.

Una licuadora es una máquina. Tiene un motor que funciona con electricidad. El motor hace mover las cuchillas. Cuando las cuchillas giran, cortan los alimentos en pedazos diminutos y los licuan.

Una escalera mecánica es otra máquina. También tiene un motor que funciona con electricidad. ¿Qué mueve una escalera mecánica?

Destreza clave CAUSA Y EFECTO ¿De qué forma una máquina ayuda a las personas a mover objetos?

El motor de un carro

El motor de un carro es una máquina que funciona con gasolina o con electricidad. La fuerza del motor hace mover las diferentes partes del carro, como las ruedas. Al girar las ruedas, el carro va hacia delante o hacia atrás.

motor

eje

Sin la ayuda de un motor, no sería fácil mover un carro.

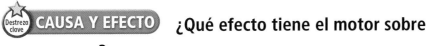 **¿Qué efecto tiene el motor sobre un carro?**

Pregunta esencial

¿Cómo mueven objetos los instrumentos y las máquinas?

En esta lección, aprendiste que las personas usan instrumentos y máquinas para hacer ciertas cosas. Los instrumentos y las máquinas empujan y jalan los objetos para moverlos.

Estándares de Ciencia en esta lección

1.d Conocer instrumentos y máquinas utilizados para empujar y jalar (aplicar fuerzas sobre) objetos y hacer que éstos se muevan.

1. **Destreza clave · CAUSA Y EFECTO** Haz una gráfica como la siguiente. Muestra los efectos de usar instrumentos y máquinas. **1.d**

2. **RESUMIR** Escribe un resumen de esta lección. Comienza con la oración: **Las personas usan instrumentos y máquinas para mover cosas.** **1.d**

3. **VOCABULARIO** Escribe una oración con las palabras **instrumento** y **máquina**. **1.d**

4. **Razonamiento crítico** ¿Qué instrumentos o máquinas pueden usar las personas para mover objetos en su casa? **1.d**

5. **Investigación** ¿De qué forma puedes entender mejor las cosas al registrar tus observaciones? **4.d**

La idea importante

6. ¿Qué oración dice algo cierto sobre los instrumentos y las máquinas? **1.d**

A Siempre tienen motores.

B Siempre jalan objetos.

C Siempre empujan objetos.

D Mueven objetos.

Redacción ELA–W 1.1

Escribe instrucciones

1. Haz varios dibujos para mostrar cómo puedes mover tierra con una pala.

2. Numera los dibujos en orden.

3. Escribe una lista de pasos para describir cómo se usa la pala.

4. Comenta las instrucciones con tus compañeros.

 Matemáticas SDAP 1.1, 1.2

Gráfica de barras sobre instrumentos y máquinas

1. Elige 3 instrumentos o máquinas del salón de clases. Haz una tabla de conteo. Registra el nombre de cada instrumento o máquina.

2. Cada vez que alguien use un instrumento o una máquina de tu gráfica, haz una marca de conteo.

3. Haz una gráfica de barras con los datos de la tabla. Rotula las partes.

4. Comenta los resultados con tus compañeros.

Instrumentos y máquinas que usamos	
instrumento o máquina	conteo

 Para hallar otros enlaces y actividades, visita **www.hspscience.com**

Saluda a ASIMO

¿Te gustaría tener un robot? Podría ayudarte a hacer diferentes tareas de la casa, como limpiar tu habitación o sacar la basura. Tal vez esto sea posible antes de lo que te imaginas. Te presentamos a ASIMO, el robot humanoide.

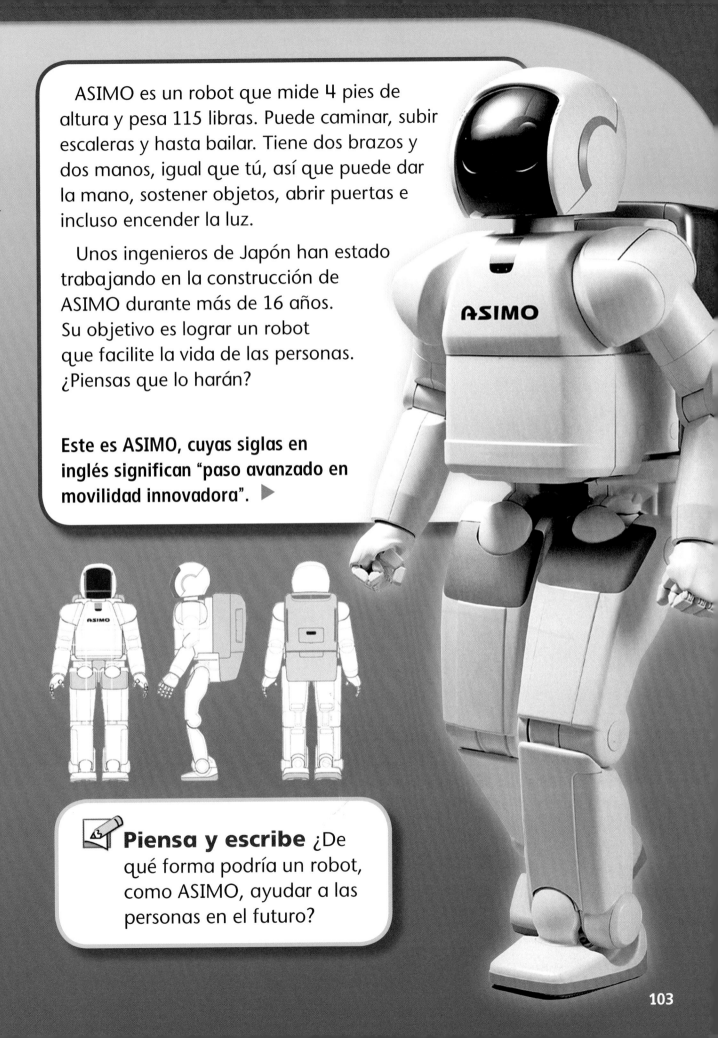

ASIMO es un robot que mide 4 pies de altura y pesa 115 libras. Puede caminar, subir escaleras y hasta bailar. Tiene dos brazos y dos manos, igual que tú, así que puede dar la mano, sostener objetos, abrir puertas e incluso encender la luz.

Unos ingenieros de Japón han estado trabajando en la construcción de ASIMO durante más de 16 años. Su objetivo es lograr un robot que facilite la vida de las personas. ¿Piensas que lo harán?

Este es ASIMO, cuyas siglas en inglés significan "paso avanzado en movilidad innovadora". ▶

Piensa y escribe ¿De qué forma podría un robot, como ASIMO, ayudar a las personas en el futuro?

LECCIÓN 5

Estándares de Ciencia

1.e Saber que, a menos que algo los detenga, los objetos cerca de la Tierra caen al suelo.

Investigación y Experimentación

4.a Hacer predicciones basándose en patrones observados, en contraste con adivinar al azar.

Pregunta esencial

¿Cómo mueve objetos la gravedad?

California: Dato breve

Esquiar en la Sierra Nevada

El esquí es un deporte de invierno que muchos habitantes de California disfrutan. Los esquiadores descienden a toda velocidad por montañas como las de la Sierra Nevada.

La **gravedad** es una fuerza que jala las cosas entre sí. pág. 108

El **peso** es la medida de la fuerza con que la gravedad jala los objetos. pág. 109

Flotar es moverse suavemente en el aire. Si la gravedad de la Tierra no jalara los objetos, estos flotarían. pág. 110

Cómo mueve objetos la gravedad

Pregunta

¿Qué hace que tu cuerpo se deslice por una resbaladilla?

Prepárate

Sugerencia para la investigación
Para predecir qué sucederá, piensa en lo que sabes.

Materiales

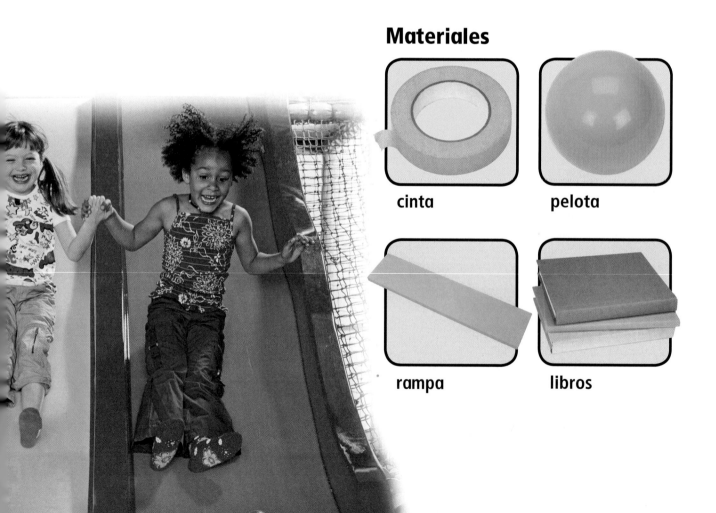

cinta

pelota

rampa

libros

Qué hacer

Paso ① ══════════════

Arma la rampa. **Predice** dónde se detendrá la pelota cuando la dejes rodar por la rampa. Marca ese lugar con cinta.

Paso ② ══════════════

Deja rodar la pelota por la rampa.

Paso ③

¿Qué sucedió? ¿Fue correcta tu predicción?

Sacar conclusiones

¿Por qué piensas que la pelota rodó de esa forma? 1.e

> **Examinación independiente**
>
> Deja rodar otros objetos por la rampa. Compara cómo ruedan con la forma como rodó la pelota. Luego, sube o baja la rampa. **Predice** qué sucederá. Comprueba tu predicción. 4.a

VOCABULARIO
gravedad   flotar
peso

⭐ **CAUSA Y EFECTO**

Busca en la lectura las causas y los efectos de la gravedad.

La gravedad

La **gravedad** es una fuerza que hace que todos los objetos se jalen entre sí.

Un objeto grande jala con mucha fuerza. Un objeto pequeño jala con menos fuerza. Como la Tierra es muy grande, jala con mucha fuerza. La gravedad de la Tierra jala todos los objetos hacia el centro de la Tierra. Cuando lanzas una pelota al aire, no se queda allí. Cae al suelo.

La Tierra y la niña se jalan una a la otra.

¿Por qué cae la pelota?

El **peso** es una medida de la fuerza con que la gravedad jala los objetos. Tu peso es una medida de la fuerza con que la gravedad te jala hacia la Tierra.

Una báscula sirve para medir el peso. La báscula muestra la fuerza con que la gravedad jala un objeto. Las personas usan básculas para saber cuánto pesan. También las usan para pesar los alimentos y otros objetos.

Destreza clave CAUSA Y EFECTO ¿Qué causa que la Tierra jale los objetos hacia su centro?

¿Por qué el niño pesa menos que su papá?

Lo que hace la gravedad

La gravedad hace que los objetos caigan al suelo a menos que algo los detenga. La gravedad hace que una pelota ruede cuesta abajo y que tu cuerpo se deslice por una resbaladilla. La gravedad también mantiene los objetos en el suelo. Sin la gravedad, las cosas **flotarían**, o se moverían suavemente en el aire.

¿Qué hace caer el juguete?

La gravedad de la Tierra te jala todo el tiempo. Pero cuando te sientas en una silla o te acuestas en una cama, no caes al suelo. La silla o la cama te detienen.

Si pones libros y juguetes en un librero, no caen al suelo. ¿Qué evita que caigan?

CAUSA Y EFECTO ¿De qué forma la gravedad hace que los objetos se muevan?

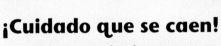

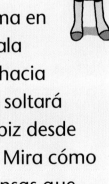

¡Cuidado que se caen!
Observa la forma en que la gravedad jala diferentes objetos hacia abajo. Tu maestra soltará una pelota y un lápiz desde una misma altura. Mira cómo caen. ¿Por qué piensas que sucede esto?

111

¿Cómo mueve objetos la gravedad?

En esta lección, aprendiste que la gravedad de la Tierra hace caer los objetos al suelo a menos que algo los detenga.

Estándares de Ciencia en esta lección

1.e Saber que, a menos que algo los detenga, los objetos cerca de la Tierra caen al suelo.

1. (Destreza clave) **CAUSA Y EFECTO** Haz una gráfica como la siguiente. Escribe los efectos de la gravedad. **1.e**

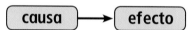

causa ⟶ efecto

2. **SACAR CONCLUSIONES** ¿Por qué un caballo pesa más que un perro? **1.e**

3. **VOCABULARIO** Describe esta ilustración; usa la palabra **gravedad**. **1.e**

4. Razonamiento crítico
Lanzas una pelota al aire. La pelota queda atrapada en un árbol. ¿Por qué la gravedad no jala la pelota hacia el suelo? **1.e**

5. ¿Cuál pesa más? **1.e**

A una pelota
B un carro
C una silla
D un perro

La idea importante

6. ¿Cómo puedes evitar que la gravedad jale un libro hacia el suelo? **1.e**

Redacción  ELA–W 1.1

Escribe para describir

1. Piensa en algunos ejercicios físicos en los que debas empujar contra la gravedad.

2. Haz varios dibujos para mostrar cómo haces esos ejercicios.

3. Escribe algunas oraciones para describir cómo empujas contra la gravedad.

Empujo con los pies.

 Matemáticas SDAP 1.1, 1.2

Gráfica de barras sobre el peso

1. Con una báscula, pesa cuatro objetos de tu salón de clases.

2. Haz una tabla. Registra cada peso redondeando a la libra más cercana.

3. Muestra los datos en una gráfica de barras. Rotula las partes de la gráfica de barras.

4. Muestra tu gráfica de barras al resto de la clase.

Peso de los objetos	
objeto	libras

 Para hallar otros enlaces y actividades, visita **www.hspscience.com**

 Estándares de California en esta lección

 **LECCIÓN 6**

Estándares de Ciencia

1.f Saber que algunos objetos se pueden mover sin tocar usando imanes.

Investigación y Experimentación

4.d Escribir o dibujar secuencias de pasos, eventos u observaciones.

Pregunta esencial

¿Cómo mueven objetos los imanes?

California: Dato breve

Bruce Gray

Bruce Gray es un artista que vive en California. Fue quien hizo estas figuras magnéticas de animales a las que llama Magnanimals.

114

Un **imán** es un objeto que puede mover otros imanes y también objetos hechos de hierro o de acero. pág. 118

El **polo norte** es una de las dos partes de un imán donde su fuerza es más potente. pág. 120

El **polo sur** es una de las dos partes de un imán donde su fuerza es más potente. pág. 120

Atraer es jalar. pág. 120

Repeler es alejar. pág. 120

Cómo mueven objetos los imanes

Pregunta

¿Qué hace que estos objetos no se caigan del pizarrón?

Prepárate

Sugerencia para la investigación

Cuando **registras** tus observaciones, haces dibujos o escribes sobre lo que observas.

Materiales

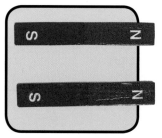

2 imanes de barra

Qué hacer

Paso ①

Haz una tabla como esta.

¿Se atraen o se repelen los extremos?	
Extremos	Se atraen o se repelen
extremo N y extremo S	
extremo N y extremo N	
extremo S y extremo S	

Paso ②

Acerca el extremo N de un imán al extremo S del otro. Haz lo mismo con los dos extremos N y con los dos extremos S. **Registra** lo que observes en la tabla.

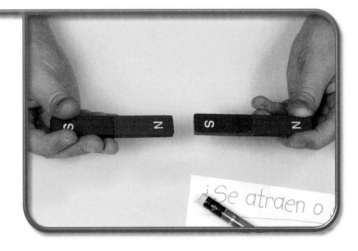

Paso ③

Dibuja o escribe algo para describir lo que observaste en cada prueba del Paso 2.

Sacar conclusiones

¿Qué puedes aprender de tu tabla y de lo que describiste?

4.d

Examinación independiente

Busca algunos objetos pequeños en el salón de clases. Acerca un imán a cada objeto para ver si lo jala. Clasifica los objetos en dos grupos: *El imán los jala* y *El imán no los jala*. ¿Qué **observas**? **1.f**

1.f

Destreza clave **IDEA PRINCIPAL Y DETALLES**

Busca en la lectura algunos detalles sobre los imanes y sobre lo que pueden hacer.

Los imanes

Un **imán** puede jalar cosas hechas de hierro o de acero. También puede empujar o jalar otros imanes. Muchos imanes son de metal.

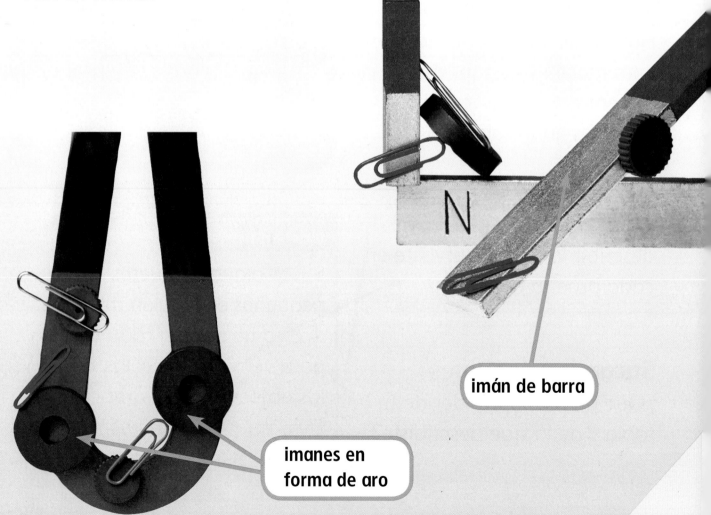

imán de barra

imanes en forma de aro

Hay imanes de diferentes tamaños y formas. Los imanes pueden tener forma de barra, de herradura o de aro.

IDEA PRINCIPAL Y DETALLES ¿Qué es un imán?

imanes de herradura

Los imanes tienen polos

Todos los imanes tienen dos polos, o partes donde su fuerza es más potente. Un extremo es el **polo norte**, o polo N. A veces está marcado con una N. El otro extremo es el **polo sur**, o polo S. A veces está marcado con una S.

¿Cuáles de estos imanes se atraen? ¿Cuáles se repelen?

Los polos opuestos se **atraen**. Esto significa que se jalan entre sí. Un polo N y un polo S se atraen.

Los polos iguales se **repelen**. Esto significa que se alejan uno del otro. Dos polos N se repelen. Lo mismo sucede con dos polos S.

Estos imanes en forma de aro se están tocando. Los polos opuestos están uno enfrente del otro y por eso se atraen.

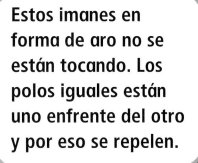

Estos imanes en forma de aro no se están tocando. Los polos iguales están uno enfrente del otro y por eso se repelen.

El diseño que las limaduras de hierro formaron alrededor del imán muestra que el imán es más potente en los polos.

 IDEA PRINCIPAL Y DETALLES

¿Cuáles polos de dos imanes diferentes se atraen? ¿Cuáles se repelen?

Lo que hacen los imanes

Los imanes pueden atraer el hierro y el acero sin tocarlos. También pueden atraer o repeler otros imanes sin tocarlos. La fuerza de un imán puede actuar a través del aire, del agua y de algunos otros tipos de materia.

El imán de la ilustración de abajo jala la camioneta de juguete. La camioneta contiene hierro. La fuerza del imán actúa a través del aire. Por eso, el imán jala la camioneta sin tocarla.

¿Cómo funciona este juguete?

El clip está dentro de un vaso de plástico con agua. El imán movió el clip desde el fondo hasta la pared del vaso. El imán no tocó el clip. La fuerza de atracción del imán actuó a través del plástico y del agua.

IDEA PRINCIPAL Y DETALLES

¿A través de qué cosas puede actuar la fuerza de un imán?

Minilab

Atracción magnética

Coloca limaduras de hierro en una bolsa de plástico con cierre. Pon la bolsa en forma horizontal sobre una hoja de papel. Pasa un imán por debajo del papel. ¿Qué sucede con las limaduras? ¿Por qué?

¿Cómo mueven objetos los imanes?

En esta lección, aprendiste que los imanes pueden mover algunos objetos sin tocarlos.

Estándares de Ciencia en esta lección

1.f Saber que algunos objetos se pueden mover sin tocar usando imanes.

1. **Destreza clave** **IDEA PRINCIPAL Y DETALLES**
Haz una gráfica como la siguiente. Escribe detalles sobre esta idea principal: **Los imanes pueden mover algunos objetos sin tocarlos.** **1.f**

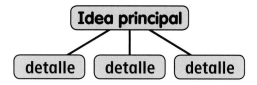

2. **RESUMIR** Describe qué sucede al acercar los polos de dos imanes. **1.f**

3. **VOCABULARIO** Describe esta ilustración; usa las palabras **imán** y **atraer**. **1.f**

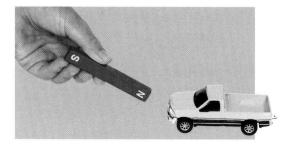

4. **Investigación** ¿Por qué es útil registrar una secuencia de observaciones? **4.d**

5. Un imán atrae un juguete. ¿Qué significa esto? **1.f**

A El juguete es un imán.

B El juguete contiene hierro o acero.

C El juguete no contiene hierro ni acero.

D El imán empuja el juguete.

La idea importante

6. ¿Qué tipo de objetos puede mover un imán? **1.f**

Redacción 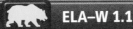 ELA–W 1.1

Escribe para describir

1. Inventa un juguete o un instrumento que tenga un imán.

2. Por escrito, describe qué hace y cómo se construye.

3. Dibújalo.

4. Muestra tu invento al resto de la clase.

Cazador de clips

Hice un instrumento que recoge los clips que se caen al suelo.
Con cinta adhesiva, pegué un imán al extremo de una regla.

 Matemáticas SDAP 1.1, 1.2

Gráfica de barras sobre los imanes

1. Pasa un imán por encima de una pila de clips. Cuenta cuántos clips recoge el imán.

2. Haz una tabla de conteo. Registra el resultado.

3. Repite los pasos 1 y 2 con una pila de monedas de 1¢ y con una pila de alfileres imperdibles.

4. Haz una gráfica de barras con los datos de la tabla de conteo. Rotula las partes.

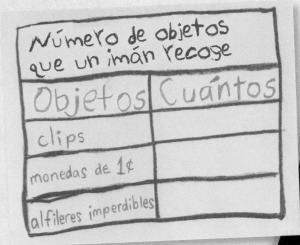

Número de objetos que un imán recoge

Objetos	Cuántos
clips	
monedas de 1¢	
alfileres imperdibles	

 Para hallar otros enlaces y actividades, visita **www.hspscience.com**

Estándares de Ciencia

1.g Saber que el sonido es producido por objetos que vibran y que se le puede describir según su tono y volumen.

Investigación y Experimentación

4.d Escribir o dibujar secuencias de pasos, eventos u observaciones.

Pregunta esencial

¿Qué causa el sonido?

California: Dato breve

Auditorio Walt Disney

Esta sala de conciertos se encuentra en Los Angeles. Gracias a la forma curva del techo y de las paredes, la música suena mejor.

You heard then praised
"Our hero, Tristan."

El **sonido** es lo que oyes cuando un objeto vibra, o se mueve rápidamente hacia atrás y hacia delante. pág. 130

Una **vibración** es un movimiento hacia atrás y hacia delante.
pág. 131

El **volumen** es lo fuerte o suave que es un sonido. pág. 132

El **tono** es lo agudo o grave que es un sonido.
pág. 134

Cómo se produce el sonido

Pregunta

¿Cómo están produciendo sonido estas personas?

Prepárate

Sugerencia para la investigación
Puedes hacer dibujos o escribir oraciones para registrar tus observaciones.

Materiales

caja de pañuelos de papel

ligas

Qué hacer

Paso ①

Pon las ligas alrededor de la caja, por encima de su abertura. Púlsalas. Luego, tócalas suavemente. ¿Qué sientes?

Paso ②

Pulsa las ligas aún más suavemente. Tócalas. Escucha el sonido. Luego, púlsalas un poco más fuerte. Vuelve a tocarlas y a escuchar el sonido.

Paso ③

Haz varios dibujos o escribe algunas oraciones para **registrar** lo que observes.

Sacar conclusiones

¿Por qué se produjo un sonido diferente cuando cambiaste la forma de pulsar las ligas? **1.g**

Examinación independiente

Con otros materiales, haz un instrumento musical diferente. Úsalo para producir sonidos. **Registra** lo que descubras sobre la forma como se produce el sonido. **1.g**

VOCABULARIO

sonido volumen
vibración tono

 **CAUSA Y EFECTO**

Busca en la lectura qué causa el sonido.

Las vibraciones producen sonido

El **sonido** es lo que oyes. El ladrido de un perro y el pitido de un silbato son sonidos. También lo son la música y las conversaciones.

¿Qué sonidos oirías en esta calle?

Aunque los sonidos son diferentes, se producen de igual forma. Todos los sonidos se producen cuando algo se mueve hacia atrás y hacia delante. Ese movimiento de vaivén se llama **vibración**. Cuando la vibración termina, o el objeto deja de vibrar, el sonido también se termina.

Cuando este niño rasguea las cuerdas de la guitarra, las hace vibrar. Si tocas las cuerdas, puedes sentir la vibración.

xilófono

 **CAUSA Y EFECTO** ¿Qué causa el sonido?

¿Qué sonido oye este niño?

131

Fuerte y suave

Los sonidos son diferentes. Algunos son fuertes, como el aterrizaje de un avión. Otros son suaves, o bajos, como un susurro. El **volumen** es lo fuerte o suave que es un sonido. Se necesita más energía para producir un sonido fuerte que para producir un sonido suave.

susurro

aterrizaje de un avión

Es más fácil oír un sonido cuando estás cerca de lo que lo produce. Si te acercas a un grupo de personas, puedes oír sus conversaciones. A medida que te alejas, es más difícil oír lo que dicen.

Quizás no oigas la sirena de una ambulancia que está lejos. A medida que la ambulancia se acerca, el sonido es más fuerte. A medida que se aleja, el sonido es cada vez más débil. Luego, no se oye más.

Destreza clave CAUSA Y EFECTO ¿Qué puede hacer que el mismo sonido parezca más fuerte o más suave?

ambulancia

Agudo y grave

Los sonidos también se diferencian por el tono. El **tono** es lo agudo o grave que es un sonido. Los carillones pequeños producen un sonido con un tono agudo. Una campana grande produce un sonido con un tono grave.

La velocidad a la que un objeto vibra influye en el tono de su sonido. Las vibraciones rápidas producen un sonido con un tono agudo. Las vibraciones lentas producen un sonido con un tono grave.

carillones

campana

134

Un diapasón es un instrumento de acero. Al golpearlo contra un objeto, vibra y produce un sonido. Este sonido siempre tiene el mismo tono. Los músicos usan el diapasón para encontrar el tono correcto antes de comenzar a cantar o tocar un instrumento.

Destreza clave **CAUSA Y EFECTO** ¿Qué hace que el tono de un sonido sea agudo o grave?

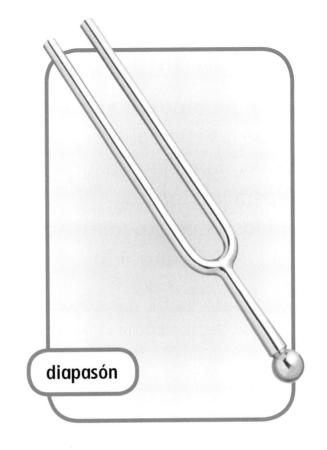

diapasón

coro

135

Los instrumentos musicales

Las personas producen vibraciones cuando pulsan las cuerdas de una guitarra o soplan un cuerno. También producen vibraciones cuando golpean un tambor. Las vibraciones causan sonidos. ¿Cómo podrías hacer sonidos con cada uno de estos instrumentos?

CAUSA Y EFECTO ¿Qué hace que los instrumentos musicales produzcan sonidos?

Míralo en detalle

trompeta

saxofón

Para hallar otros enlaces y animaciones, visita **www.hspscience.com**

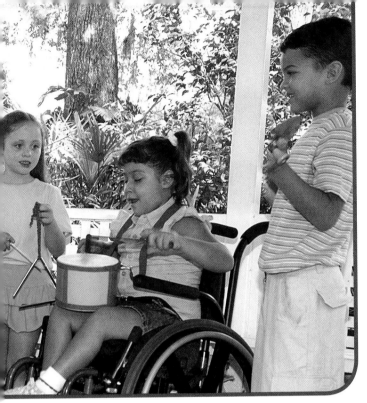

Minilab

Instrumento de pajita

Recorta un extremo de una pajita en forma de V. Apriétalo con los labios. Sopla fuertemente. Escucha. Luego, recorta parte del otro extremo de la pajita. Vuelve a soplar. ¿Cómo cambia el sonido?

violín

tambor

Pregunta esencial

¿Qué causa el sonido?

En esta lección, aprendiste que el sonido se produce por las vibraciones de los objetos. Según su tono, puedes describir un sonido como agudo o grave. Según su volumen, puedes describirlo como fuerte o suave.

Estándares de Ciencia en esta lección

1.g Saber que el sonido es producido por objetos que vibran y que se le puede describir según su tono y volumen.

1. **CAUSA Y EFECTO** Haz una gráfica como la siguiente. Muestra qué causa los diferentes sonidos. **1.g**

causa ⟶ efecto

2. **SACAR CONCLUSIONES** ¿Por qué los diferentes instrumentos musicales producen diferentes sonidos? **1.g**

3. **VOCABULARIO** Describe esta ilustración; usa las palabras **sonido** y **vibración** en una oración. **1.g**

4. **Razonamiento crítico** ¿Qué causa el sonido que produce un tambor? **1.g**

5. ¿Qué sucede cuando la cuerda de una guitarra vibra más rápidamente? **1.g**

A Produce un sonido más agudo.

B Produce un sonido más grave.

C No produce ningún sonido.

D Produce un sonido más suave.

La idea importante

6. ¿Qué partes de una guitarra vibran para que se produzcan sonidos? ¿Cómo lo sabes? **1.g**

Redacción 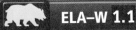 ELA–W 1.1

Escribe para describir

1. Quédate sentado en silencio y escucha los sonidos que haya a tu alrededor.

2. Por escrito, describe los sonidos que escuches.

3. Compara tu descripción con la de un compañero.

Oigo una puerta crujir.

Afuera ladra un perro.

 Matemáticas NS 2.2; SDAP 1.0

Cuánto dura un sonido

1. Sujeta un triángulo por el hilo. Golpéalo suavemente. Registra cuántos segundos dura el sonido.

2. Golpea el triángulo un poco más fuerte. Registra el número de segundos.

3. Golpea el triángulo fuertemente. Registra el número de segundos.

4. Observa los datos de tu tabla. ¿Qué sonido duró más? ¿Por qué?

Cuánto dura un sonido	
golpe	segundos
suave	
moderado	
fuerte	

 Para hallar otros enlaces y actividades, visita **www.hspscience.com**

Alexander Graham Bell

ALEXANDER GRAHAM BELL

▶ Inventor.

▶ Inventó muchas cosas.

Alexander Graham Bell fue un inventor. Trabajó con máquinas que usaban el sonido. Quería ayudar a las personas que no podían oír.

Un día, Graham Bell hizo un descubrimiento. Encontró que podía enviar una conversación a través de un alambre eléctrico. Esto lo llevó a inventar algo que aún hoy es muy importante: ¡el teléfono!

Piensa y escribe

¿Cómo ha cambiado nuestra vida gracias a la invención del teléfono por parte de Alexander Graham Bell?

modelo del primer teléfono de Graham Bell

Ayanna Howard

La dra. Ayanna Howard se dedica a diseñar robots. Quizás algún día, su robot llamado SmartNav ¡logrará caminar sobre la superficie de Marte! Ella quiere lograr que este robot piense como un ser humano.

SmartNav ya es capaz de hacer algunas de las cosas que las personas hacen. Puede diferenciar entre la arena y las piedras y el hormigón. Esto le será útil para moverse en Marte.

Además, la dra. Howard ayuda a algunas niñas a estudiar Matemáticas y Ciencias. Espera que en el futuro a ellas también les interese trabajar con robots.

AYANNA HOWARD
▶ **Ingeniera en robótica del Laboratorio de Propulsión a Chorro perteneciente al Instituto Tecnológico de California.**
▶ Diseña programas de computadora para robots.

 Piensa y escribe

¿De qué forma el trabajo que otros científicos espaciales han hecho ayuda a la dra. Ayanna Howard?

Conclusión

▶ Resumen visual

Describe cómo cada ilustración ayuda a explicar la **idea importante**.

La idea importante El movimiento de los objetos se puede observar y medir.

1.a, 1.b

Se puede describir la posición de un objeto comparándola con la posición de otros objetos que no se mueven. El movimiento es un cambio de posición con el tiempo.

1.c, 1.d

Empujar y jalar son formas de usar una fuerza para cambiar el movimiento. Los instrumentos y las máquinas nos ayudan a aplicar más fuerza y a dirigirla adonde la necesitamos.

1.e, 1.f

La gravedad jala los objetos hacia el centro de la Tierra. Los imanes pueden hacer mover algunos objetos.

1.g

El sonido se produce por vibraciones, o movimientos hacia atrás y hacia delante. El sonido tiene tono y volumen.

Muestra lo que sabes

Escribe sobre un instrumento musical

Elige un instrumento musical que te guste y busca información sobre él. Luego, escribe algunas oraciones para explicar la forma en que ese instrumento produce sonido. Di quién lo inventó y de qué está hecho. Haz un dibujo para ilustrar lo que escribiste. Muestra tus oraciones y tu dibujo al resto de la clase.

Proyecto de la unidad

Construir instrumentos y máquinas

Con un compañero, inventa y construye un instrumento o una máquina. En un párrafo, describe los pasos que siguieron y los materiales que usaron. Explica para qué sirve ese instrumento o máquina. Muestra el invento y el párrafo al resto de la clase.

Repaso del vocabulario

Usa los términos para completar las oraciones. Los números de página te indican dónde buscar ayuda si la necesitas.

metro pág. 60   **gravedad** pág. 108

movimiento pág. 68   **atraer** pág. 120

fuerza pág. 80   **vibración** pág. 131

1. El polo N de un imán puede _____ el polo S de otro imán.   **1.f**

2. Una acción de empujar o de jalar es una _____.   **1.c**

3. Una _____ es un movimiento hacia atrás y hacia delante que puede producir sonido.   **1.g**

4. La _____ jala los objetos entre sí y hacia el centro de la Tierra.   **1.e**

5. Un _____ es una unidad de medida de distancia o de longitud.   **1.a**

6. El _____ es un cambio de posición.   **1.b**

Comprueba lo que aprendiste

7. Nombra estos objetos en orden desde el más lento hasta el más rápido. `1.b`

8. ¿Cuál de estos objetos NO suele ser un instrumento? `1.d`

A una pelota

B un bate

C un martillo

D un rastrillo

Razonamiento crítico

9. Describe cómo un imán puede mover algunos objetos sin tocarlos. `1.f`

La idea
importante

10. Describe de qué forma las fuerzas influyen en el movimiento. `1.c`

UNIDAD 2
CIENCIAS NATURALES

Ciclos de vida

Estándares de California en esta unidad

2 Las plantas y los animales tienen ciclos de vida que se pueden predecir. Bases para entender este concepto:

2.a Saber que las plantas y los animales producen brotes o crías de su mismo tipo. Estos brotes o crías se parecen entre sí y a sus progenitores.

2.b Saber que distintos tipos de animal como la mariposa, la rana y el ratón, tienen distintos ciclos de vida.

2.c Saber que muchas de las características de un organismo son heredadas de los padres mientras que otras son causadas por el medio ambiente o éste influye en ellas.

2.d Saber que existen variaciones entre individuos de cierta especie dentro de una población.

2.e Saber que la luz, la gravedad, el contacto o la presión ambiental pueden influir en la germinación, el crecimiento y el desarrollo de las plantas.

2.f Saber que las flores y los frutos tienen que ver con la reproducción de las plantas.

Esta unidad también incluye los siguientes Estándares de Investigación y Experimentación:

4.a, **4.b**, **4.c**, **4.d**, **4.e**, **4.f**, **4.g**

¿Cuál es la idea importante?

Las plantas y los animales cambian a medida que crecen. Todas las etapas, o fases, de su vida forman su ciclo de vida.

Preguntas esenciales

San Diego

Hola, Mike:

San Diego es un lugar donde uno se divierte mucho. Me encantaron los leones marinos que viven cerca del puerto.

Cuando un león marino nace, se queda en tierra firme solamente durante sus dos primeras semanas de vida. Entonces, está listo para aprender a nadar y a pescar.

¿Te imaginas si hubiéramos aprendido a nadar a las dos semanas de nacer? ¡Increíble!

Tu amiga,

Mary

USA

Lee la postal. ¿Qué aprendió Mary sobre los leones marinos? ¿Cómo piensas que eso ayuda a explicar la **idea importante**?

Examinación de la unidad

Las plantas y la gravedad
¿Cómo crecen y cambian las raíces de una planta? Planea y haz una prueba para descubrirlo.

Estándares de Ciencia

2.b Saber que distintos tipos de animal como la mariposa, la rana y el ratón, tienen distintos ciclos de vida.

Investigación y Experimentación

4.f Usar lentes de aumento o microscopios para efectuar observaciones y dibujar objetos pequeños o detalles de los objetos.

Pregunta esencial

¿Cuáles son los ciclos de vida de algunos animales?

California: Dato breve

Los osos pardos

Un oso pardo recién nacido pesa casi lo mismo que una lata de verduras. ¡Y un oso adulto puede llegar a pesar tanto como 25 niños de siete años!

Un **ciclo de vida** son todas las etapas, o fases, de la vida de un animal o de una planta. pág. 152

Un **adulto** es una persona o un animal totalmente desarrollado. pág. 152

Un **renacuajo** es una rana joven. pág. 154

Una **larva** es la cría de algunos insectos. Una oruga es una larva de mariposa. pág. 156

Una oruga se convierte en una **crisálida** antes de ser una mariposa. pág. 157

Una **ninfa** es la cría de algunos insectos, como el saltamontes. pág. 158

Cómo crecen y cambian los gusanos de la harina

Pregunta

¿Qué tipo de animales serán estos cuando lleguen a adultos?

Prepárate

Sugerencia para la investigación
Puedes usar una lupa para observar cosas que son muy pequeñas.

gusanos de la harina

Materiales

gusanos de la harina

agua en una tapa de botella

casa para los gusanos de la harina

lupa y guantes

Qué hacer

Paso ①

Todos los días, alimenta los gusanos de la harina y dales agua.

Paso ②

Todos los días, usa una lupa para **observar** los gusanos de la harina.

CUIDADO: Lávate las manos al terminar.

Paso ③

Todos los días, dibuja lo que observes. Escribe la fecha y una oración sobre los cambios que veas.

Sacar conclusiones

¿Qué descubriste sobre la forma como los gusanos de la harina crecen y cambian? **2.b**

Examinación independiente

Observa algunas orugas en tu salón de clases. Descubre cómo crecen y cambian hasta convertirse en mariposas. **2.b**

VOCABULARIO

ciclo de vida
adulto
renacuajo
larva
crisálida
ninfa

⭐ **Destreza clave** **ORDENAR EN SECUENCIA**

Busca en la lectura lo que sucede primero, después, luego y por último en el ciclo de vida de cada animal.

El ciclo de vida de un gato

Cada animal tiene su ciclo de vida. Un **ciclo de vida** son todas las etapas, o fases, de la vida de un animal. Comienza cuando el animal nace.

El animal crece hasta convertirse en **adulto**. Cuando tiene su propia cría, empieza un nuevo ciclo de vida.

Primero, los gatitos crecen dentro del cuerpo de su madre. La madre gata da a luz a los gatitos.

2 gatito de unas 3 semanas

1 gata adulta y gatitos recién nacidos

Después, los gatitos recién nacidos comienzan a crecer. La madre gata los alimenta con la leche que su cuerpo produce. Cada gatito necesita que su madre lo mantenga seguro y limpio.

Luego, los gatitos crecen y se fortalecen.

Por último, después de más o menos un año, son gatos adultos. Cada gato puede tener sus propios gatitos.

Destreza clave **ORDENAR EN SECUENCIA** ¿Qué sucede primero, después, luego y por último en el crecimiento de un gato?

3 gato joven de unos 6 meses

4 gato adulto

El ciclo de vida de una rana

El ciclo de vida de una rana es diferente del ciclo de vida de la mayoría de los demás animales. Primero, comienza con un huevo.

Después, un **renacuajo**, o rana joven, sale del huevo. El renacuajo vive en el agua. Usa branquias para absorber oxígeno. Tiene una cola pero no tiene patas. No se parece a una rana adulta.

Míralo en detalle

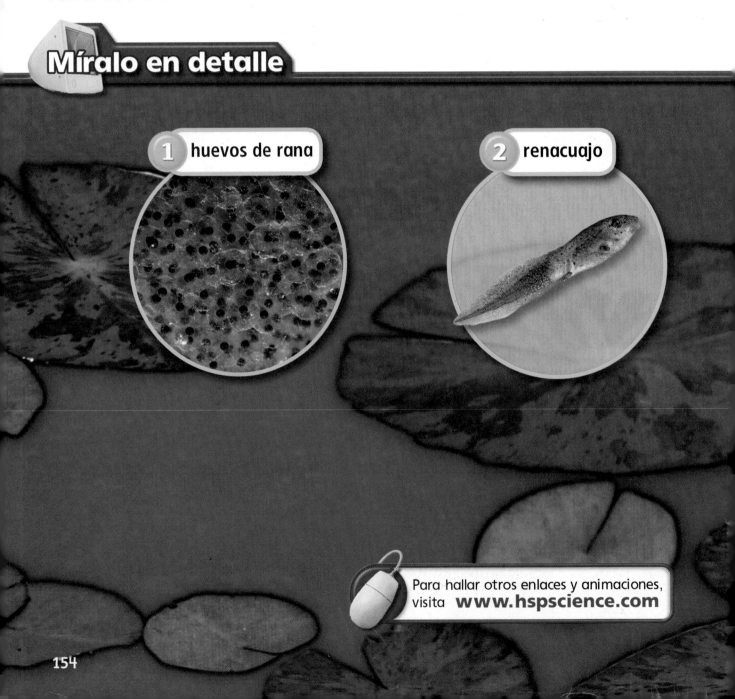

1 huevos de rana

2 renacuajo

Para hallar otros enlaces y animaciones, visita **www.hspscience.com**

Luego, el renacuajo comienza a crecer. Le salen dos patas traseras y dos patas delanteras. Todavía tiene cola. Empieza a parecerse más a una rana. Usa sus pulmones para respirar.

Por último, la rana es adulta y no tiene cola. Vive en la tierra la mayor parte del tiempo. Ya puede tener sus propias crías.

Destreza clave **ORDENAR EN SECUENCIA** ¿Qué sucede primero, después, luego y por último en el crecimiento de una rana?

3 renacuajo en desarrollo

4 rana

El ciclo de vida de una mariposa

El ciclo de vida de una mariposa tiene cuatro etapas. Primero, la mariposa comienza su vida siendo un huevo.

Después, una **larva** diminuta, u oruga, sale del huevo. La larva crece rápidamente. En su interior, comienza a producir una piel nueva más grande. La piel vieja ya le queda muy pequeña. Entonces, muda de piel, es decir, se deshace de la piel vieja. A medida que crece, la larva muda de piel varias veces.

1 huevo

2 larva

Luego, la larva se convierte en una **crisálida**. Produce una envoltura dura. Dentro de la envoltura, la crisálida cambia lentamente.

Por último, una mariposa sale de la envoltura. La mariposa adulta puede tener su propia cría.

mariposa adulta

Destreza clave **ORDENAR EN SECUENCIA** ¿Qué sucede primero, después, luego y por último en el crecimiento de una mariposa?

4 mariposa saliendo de la crisálida

3 crisálida

157

El ciclo de vida de un saltamontes

El ciclo de vida de un saltamontes tiene tres etapas. Primero, el saltamontes comienza su vida siendo un huevo.

Después, sale del huevo. El saltamontes pequeño se llama **ninfa**. No tiene alas.

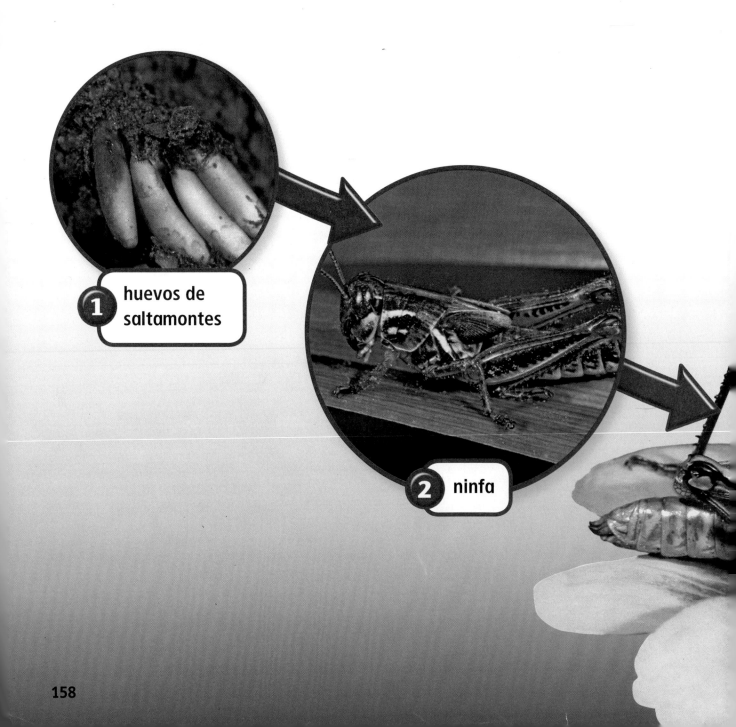

1 huevos de saltamontes

2 ninfa

Luego, la ninfa crece y le salen alas. La ninfa muda de piel varias veces durante su crecimiento.

Por último, la ninfa se convierte en un saltamontes adulto. Tiene alas y puede volar. Muy pronto, podrá tener cría.

Destreza clave ORDENAR EN SECUENCIA ¿Qué sucede primero, después, luego y por último en el crecimiento de un saltamontes?

Minilab

Ciclos de vida

Compara las Tarjetas ilustradas de los gatos, ratones, ranas, mariposas y libélulas. Clasifícalas por animal. Ordena en secuencia las etapas del ciclo de vida de cada uno. ¿Qué semejanzas y diferencias hay entre sus ciclos de vida?

3 **saltamontes adulto**

Pregunta esencial

¿Cuáles son los ciclos de vida de algunos animales?

En esta lección, aprendiste que los animales tienen diferentes ciclos de vida.

Estándares de Ciencia en esta lección

2.b Saber que distintos tipos de animal como la mariposa, la rana y el ratón, tienen distintos ciclos de vida.

1. **Destreza clave — ORDENAR EN SECUENCIA** Haz una gráfica como la siguiente. Muestra las etapas del ciclo de vida de una rana. **2.b**

2. **RESUMIR** Haz una gráfica para resumir las diferencias que hay entre el ciclo de vida de una mariposa y el de un saltamontes. **2.b**

3. **VOCABULARIO** Explica el significado de las palabras **ciclo de vida** y **renacuajo**. **2.b**

4. **Razonamiento crítico**
¿Qué animal pone el huevo de donde sale una oruga? **2.b**

5. ¿Por qué los saltamontes mudan de piel? **2.b**

   A porque necesitan alimento

   B porque necesitan agua

   C porque están creciendo

   D porque están durmiendo

La idea importante

6. ¿Cuál es la secuencia correcta de las etapas de un ciclo de vida? **2.b**

   A renacuajo, huevo, rana

   B mariposa, huevo, crisálida

   C huevo, ninfa, saltamontes

   D gatito, gato adulto, gato joven

Redacción  ELA–W 1.1

Escribe para describir

1. Elige dos animales.

2. Dibuja y rotula las etapas del ciclo de vida de cada animal.

3. Escribe varias oraciones para describir y comparar los ciclos de vida de ambos animales.

 Matemáticas SDAP 1.1, 1.2

Gráfica de barras sobre la duración de la vida

1. Elige tres animales.

2. Investiga sobre la duración de la vida de cada animal. La duración de la vida es la cantidad de tiempo que un animal suele vivir.

3. Registra tus datos en una tabla.

4. Haz una gráfica de barras con los datos de la tabla. Rotula las partes de la gráfica.

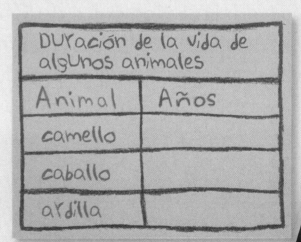

Duración de la vida de algunos animales

Animal	Años
camello	
caballo	
ardilla	

 Para hallar otros enlaces y actividades, visita **www.hspscience.com**

El Zoológico de San Diego

Si vas al Zoológico de San Diego, podrás ver a Mei Sheng. Mei Sheng es un oso panda gigante que nació en el zoológico. Las personas lo han visto crecer desde que era un osezno.

San Diego

A muchas personas les gusta visitar el área llamada Zoológico de los Niños. Allí pueden acariciar a los animales o ver cómo se alimentan las crías.

En el Zoológico de San Diego viven más de 800 tipos de animales. ¡Allí puedes observar animales de todo el mundo y aprender cosas sobre ellos!

◀ **Mei Sheng cuando tenía un mes**

✎ **Piensa y escribe**

¿Cómo cambia Mei Sheng a medida que crece? **2.b**

Estándares de California en esta lección

Estándares de Ciencia

2.a Saber que las plantas y los animales producen brotes o crías de su mismo tipo. Estos brotes o crías se parecen entre sí y a sus progenitores.

2.c Saber que muchas de las características de un organismo son heredadas de los padres mientras que otras son causadas por el medio ambiente o éste influye en ellas.

2.d Saber que existen variaciones entre individuos de cierta especie dentro de una población.

Investigación y Experimentación

4.f Usar lentes de aumento o microscopios para efectuar observaciones y dibujar objetos pequeños o detalles de los objetos.

California: Dato breve

Los pumas de California

Los cachorros de los pumas tienen el cuerpo cubierto de manchas oscuras. También tienen anillos oscuros en la cola. Esas marcas desaparecen a medida que crecen.

LECCIÓN

2

Pregunta esencial

¿En qué se parecen los animales y sus progenitores?

El **aspecto** es la apariencia que algo tiene a la vista. pág. 169

El **medio ambiente** de un animal está formado por todo lo que hay a su alrededor. pág. 172

Qué semejanzas y diferencias hay entre las lombrices

Pregunta

¿Cuáles semejanzas y diferencias puedes ver entre estas gallinas?

Prepárate

Sugerencia para la investigación
Cuando observas, puedes usar una lupa, una caja con lente o un microscopio para ver mejor las cosas pequeñas.

Materiales

lombrices

tazón con tierra

lupa

papel y lápiz

166

Qué hacer

Paso ①

Con cuidado, pon algunas lombrices en la tierra.
CUIDADO: Lávate las manos al terminar.

Paso ②

Con una lupa, **observa** cómo son las lombrices. Observa también qué hacen.

Paso ③

Registra lo que observes.

Sacar conclusiones

¿Qué semejanzas hay entre las lombrices? ¿Qué diferencias hay?

2.d

Examinación independiente

Con una lupa, **observa** algunas mariquitas u otros insectos. Escribe algo o haz dibujos para mostrar lo que observes sobre los insectos.

VOCABULARIO
aspecto
medio ambiente

COMPARAR Y CONTRASTAR

Busca en la lectura las semejanzas y las diferencias que hay entre los animales y sus progenitores o padres, es decir, en qué se parecen y en qué se diferencian.

Los animales se parecen a sus progenitores

Los animales tienen crías que son el mismo tipo de animal que ellos. Por ejemplo, una perra tiene cachorros. No puede tener gatitos. Las crías se parecen a sus progenitores y actúan como ellos.

Los delfines son animales que viven en el agua. Tienen cola y aletas. Los delfines jóvenes se parecen a sus progenitores. Todos los delfines tienen ciertas formas de actuar. Nadan y obtienen oxígeno del aire que respiran. Comen peces y emiten sonidos. Los delfines jóvenes actúan igual que sus progenitores.

**madre delfín
con su cría**

Las jirafas tienen un determinado **aspecto**, o apariencia a la vista. Tienen cuatro patas y una cola. Las manchas de su pelaje forman un diseño. Las jirafas comen hojas de los árboles. Las jirafas jóvenes tienen un aspecto semejante al de sus progenitores. Además, actúan como ellos.

Los pingüinos tienen plumas, dos patas y dos alas. No pueden volar. ¿En qué se parecen el pingüino joven y sus progenitores?

Destreza clave **COMPARAR Y CONTRASTAR** ¿En qué se parecen los animales jóvenes y sus progenitores?

pingüinos con su cría

madre jirafa con su cría

Los animales se diferencian de sus progenitores

Los animales jóvenes se parecen a sus progenitores, pero no son idénticos a ellos. Por ejemplo, su pelaje puede ser diferente. Aunque son más pequeños, con el tiempo pueden llegar a ser más grandes, fuertes o rápidos. Además, los animales jóvenes no siempre actúan igual que sus progenitores. A veces comen o corren más.

¿Qué semejanzas y qué diferencias hay entre estas vacas? ▼

terrier de Yorkshire

caniche

cachorros de
caniche y terrier

Los progenitores de un animal pueden ser muy diferentes entre sí. Por ejemplo, los progenitores de un cachorro pueden ser dos tipos diferentes de perros.

Es posible que los cachorros se parezcan a ambos progenitores. O quizás se parezcan más a uno que al otro. Además, puede que no se parezcan entre sí.

Destreza clave **COMPARAR Y CONTRASTAR** **¿En qué pueden parecerse los cachorros a sus progenitores y entre sí? ¿En qué pueden ser diferentes?**

Los animales y el medio ambiente

Los animales se parecen a sus progenitores y actúan como ellos. Pero el medio ambiente también influye en su aspecto y su forma de actuar. El **medio ambiente** de un animal es todo lo que hay a su alrededor.

Un medio ambiente frío afecta a los animales. Por eso, a algunos animales les crece un pelaje más espeso en el otoño y así no sienten frío en el invierno. Otros animales comen más o almacenan alimento en el otoño, para poder sobrevivir en el invierno, cuando el alimento es escaso.

ardilla en verano ▶

ardilla en invierno

zorro ártico en verano

El pelaje de algunos animales cambia de color según la estación. En la primavera, es de color café. Como se confunde con el medio ambiente, ayuda a los animales a esconderse en el verano. En el otoño, el pelaje es de color blanco. Como se confunde con la nieve, ayuda a los animales a esconderse en el invierno.

▲ zorro ártico en invierno

Destreza clave **COMPARAR Y CONTRASTAR** ¿Cómo cambian algunos animales en el verano y en el invierno?

carpas koi

Más animales, más diferencias

Entre los animales y sus progenitores hay algunas diferencias. A veces, muchos animales de un mismo tipo viven con sus crías en un grupo grande. Entre los animales de un grupo grande es posible encontrar aún más diferencias.

Los peces de la ilustración son carpas koi. No todos estos peces son iguales. En un cardumen, o grupo, de carpas koi, se ven muchas más diferencias entre los peces.

Todos estos caballos son diferentes. Sus crías tendrán un aspecto un poco diferente al de ellos. También serán diferentes entre sí. En un grupo grande formado por los caballos y sus crías, habrá aún más diferencias.

COMPARAR Y CONTRASTAR

¿Qué semejanzas hay entre estos caballos? ¿Qué diferencias hay?

Gatos y gatitos

Dibuja una mamá gata, un papá gato y dos o más de sus gatitos. Compara tu dibujo con los de tus compañeros. ¿Qué diferencias hay entre los gatos? ¿Qué semejanzas hay?

caballos salvajes

Pregunta esencial

¿En qué se parecen los animales y sus progenitores?

En esta lección, aprendiste que los progenitores y el medio ambiente influyen en el aspecto y en la forma de actuar de un animal.

Estándares de Ciencia en esta lección

2.a Saber que las plantas y los animales producen brotes o crías de su mismo tipo. Estos brotes o crías se parecen entre sí y a sus progenitores.

2.c Saber que muchas de las características de un organismo son heredadas de los padres mientras que otras son causadas por el medio ambiente o éste influye en ellas.

2.d Saber que existen variaciones entre individuos de cierta especie dentro de una población.

---

1. (Destreza clave) **COMPARAR Y CONTRASTAR**

Haz una gráfica como la siguiente. Describe las semejanzas y las diferencias que hay entre un cachorro y sus progenitores. **2.c**

[semejanzas]——[diferencias]

2. **SACAR CONCLUSIONES** Una perra da a luz cinco cachorros. ¿Tendrán todos el mismo aspecto? Explica tu respuesta. **2.a**

3. **VOCABULARIO** Escribe una oración con la palabra **aspecto**. **2.d**

4. Razonamiento crítico

Ves un animal que puede nadar. ¿Qué puedes decir sobre sus progenitores? **2.c**

A Sus progenitores son delfines.

B Sus progenitores pueden nadar.

C Sus progenitores no pueden nadar.

D Sus progenitores tienen ojos de color café.

5. Investigación ¿Por qué es útil usar una lupa para mirar cosas muy pequeñas? **4.f**

La idea importante

6. ¿Cómo influirán los progenitores y el medio ambiente en el aspecto y en la forma de actuar de una ardilla? **2.c**

Redacción ELA–W 1.1

Escribe para describir

1. Busca una ilustración o haz un dibujo de una familia.

2. Describe las formas en que los niños se parecen a sus progenitores y entre sí.

3. Describe las formas en que los niños se diferencian de sus progenitores y entre sí.

Matemáticas SDAP 1.1, 1.2

Gráfica de barras sobre el color de los cachorros

1. Una perra tiene 9 cachorros: 3 cachorros son de color café, 2 de color negro y 4 de color castaño.

2. Haz una tabla de conteo. Registra cuántos cachorros hay de cada color.

3. Usa tu tabla de conteo para hacer una gráfica de barras. Rotula las partes de la gráfica.

Para hallar otros enlaces y actividades, visita **www.hspscience.com**

Estándares de Ciencia

2.f Saber que las flores y los frutos tienen que ver con la reproducción de las plantas.

Investigación y Experimentación

4.d Escribir o dibujar secuencias de pasos, eventos u observaciones.

4.f Usar lentes de aumento o microscopios para efectuar observaciones y dibujar objetos pequeños o detalles de los objetos.

California: Dato breve

Las semillas de diente de león

Las semillas de diente de león forman una bola suave y esponjosa en la parte superior de la planta. A veces vuelan arrastradas por el viento. Cuando caen al suelo, a veces crecen y se convierten en nuevas plantas de diente de león.

LECCIÓN

3

Pregunta esencial

¿Cuáles son los ciclos de vida de algunas plantas?

Una **semilla** es la parte de la planta de donde crecen plantas nuevas. pág. 182

Las **raíces** son las partes de la planta que la sostienen en su lugar y que absorben las cosas que necesita. pág. 183

Un **tallo** es la parte de la planta que sostiene las hojas. El tallo transporta el alimento y el agua por toda la planta. pág. 183

Una **flor** es la parte de la planta que produce frutos. pág. 184

Un **fruto** es la parte de la planta que contiene las semillas y las protege. pág. 184

179

El ciclo de vida de una planta de frijol

Pregunta

¿De dónde provienen los frijoles que comemos?

▼ frijoles pintos

Prepárate

Sugerencia para la investigación

Puedes escribir o dibujar sobre los cambios que observas en las cosas. Ordena en secuencia, o pon en orden, tus notas o dibujos. Así mostrarás el orden en que sucedieron las cosas.

Materiales

agua

vaso lleno de tierra

semillas de frijol

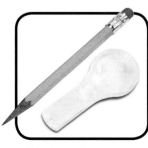

lápiz y lupa

Qué hacer

Paso ① ══════════

Haz varios hoyos en la tierra.
Pon un frijol en cada hoyo.
Cubre los frijoles con tierra.
CUIDADO: Lávate las manos
al terminar.

Paso ② ══════════

Riega los frijoles. Todos los
días, obsérvalos con una lupa.

Paso ③

Todos los días, escribe y dibuja
lo que observes. **Ordena en
secuencia** tus dibujos.

Sacar conclusiones

¿Qué descubriste sobre la
forma como los frijoles crecen
y cambian?　**4.d**

Examinación independiente

Deja un frijol en remojo toda
la noche. Luego, ábrelo con
cuidado. Mira sus partes con
una lupa o un microscopio.
Describe lo que **observes**. Con
una lupa o un microscopio,
observa otras partes pequeñas
de diferentes plantas.　**4.f**

VOCABULARIO

semilla   flor
raíces   fruto
tallo

Destreza clave ORDENAR EN SECUENCIA

Busca en la lectura el orden de las etapas del ciclo de vida de una planta.

El ciclo de vida de una planta de frijol

Todas las etapas de la vida de una planta forman su ciclo de vida. Primero, el ciclo de vida de una planta de frijol comienza con una semilla. La **semilla** es la parte de la planta de donde crece una planta nueva.

Después, una plantita comienza a crecer de esa semilla.

Dentro de cada semilla de frijol hay una plantita y alimento almacenado. La planta usa ese alimento al comenzar a crecer.

Si una semilla recibe agua, calor y oxígeno, puede germinar, o brotar. Las raíces crecen hacia abajo.

Luego, la planta joven sigue creciendo. Las **raíces** crecen hacia abajo, ya sea en la tierra o en el agua. Sostienen la planta. También absorben el agua y otras cosas que la planta necesita. Comienza a crecer un tallo. El **tallo** sostiene las hojas. Además, transporta el alimento y el agua por toda la planta.

Por último, la planta produce semillas que pueden crecer y convertirse en plantas nuevas. Comienza otro ciclo de vida. Esto se repite una y otra vez.

Destreza clave **ORDENAR EN SECUENCIA** ¿Qué le sucede a una semilla de frijol?

El tallo de la plantita asoma en el suelo. Crece hacia arriba buscando la luz. Algunos tallos comienzan a producir alimento para la planta.

Crecen más hojas y tallos. Con el tiempo, a la planta de frijol le saldrán flores que producirán semillas.

▲ azahares, o flores de naranjo

▲ naranja

Flores, frutos y semillas

Algunas plantas, como los naranjos, tienen **flores**. Las flores son las partes de la planta que producen semillas.

Si una planta tiene flores, una parte de cada flor se convierte en un fruto. El **fruto** crece alrededor de las semillas. De esta forma, contiene las semillas y las protege.

 **ORDENAR EN SECUENCIA** ¿Qué le sucede a una flor?

Las partes de una flor

pistilo

estambre

pétalo

Minilab

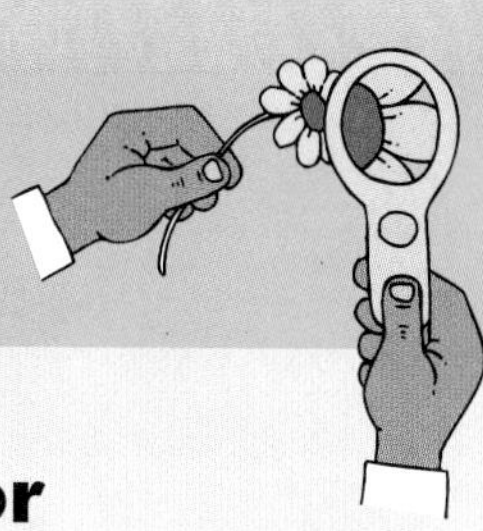

Observa una flor

Con cuidado, separa las partes de una flor. Obsérvalas con una lupa o un microscopio. Haz un dibujo de lo que observes.

Para hallar otros enlaces y animaciones, visita **www.hspscience.com**

El ciclo de vida de un roble

El ciclo de vida de un roble se parece al de muchas otras plantas. Comienza con una semilla. La semilla se encuentra dentro de un fruto duro llamado bellota.

Primero, la bellota comienza a crecer.

Después, crece una plantita. La plantita empieza a parecerse a un roble pequeño.

1
bellota

2
roble pequeño

Luego, con el tiempo, el roble crece más y su tronco se engrosa. Le salen más ramas y hojas. En las ramas crecen flores.

Por último, cada flor produce una bellota. Así comienza un nuevo ciclo de vida.

 Destreza clave **ORDENAR EN SECUENCIA** ¿Qué le sucede a una bellota?

3

roble totalmente desarrollado

Pregunta esencial

Pregunta esencial

¿Cuáles son los ciclos de vida de algunas plantas?

En esta lección, aprendiste que las plantas se parecen a sus progenitores y entre sí. Las flores y los frutos de una planta la ayudan a producir plantas nuevas del mismo tipo.

Estándares de Ciencia en esta lección

2.f Saber que las flores y los frutos tienen que ver con la reproducción de las plantas.

1. (Destreza clave) **ORDENAR EN SECUENCIA** Haz una gráfica como la siguiente. Muestra las etapas del ciclo de vida de una planta de frijol. **2.f**

2. **SACAR CONCLUSIONES** ¿Por qué una bellota es un fruto? **2.f**

3. **VOCABULARIO** Escribe una oración con las palabras **fruto**, **flor** y **semilla**. **2.f**

4. **Investigación** ¿De qué forma puedes entender mejor cómo cambian las cosas al ordenar en secuencia las ilustraciones de lo que observas? **4.d**

5. ¿Cómo ayudan las flores a que las plantas puedan producir plantas nuevas? **2.f**

   A obteniendo agua del suelo
   B produciendo alimento
   C produciendo frutos y semillas
   D sosteniendo la planta

La idea importante

6. ¿En qué se convertirá una semilla durante la segunda etapa de su ciclo de vida? **2.f**

Redacción ELA–W 1.1

Escribe para describir

1. Clava algunos mondadientes en una batata para que se sostenga por la mitad dentro de un frasco con agua.

2. Observa la batata durante un mes.

3. Por escrito, describe los cambios que veas.

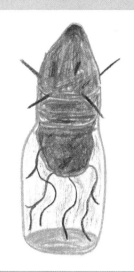

 Matemáticas SDAP 1.1, 1.2

Gráfica de barras sobre semillas

1. Observa a tu maestro mientras corta tres manzanas por la mitad.

2. Cuenta las semillas que haya en cada manzana. Haz una tabla de conteo. Registra el número de semillas de cada manzana.

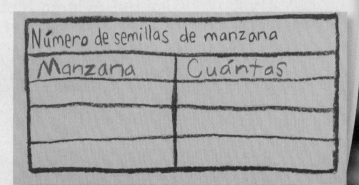

Número de semillas de manzana	
Manzana	Cuántas

3. Usa tu tabla de conteo para hacer una gráfica de barras. Rotula las partes de la gráfica.

4. Habla con tus compañeros sobre lo que descubriste.

 Para hallar otros enlaces y actividades, visita **www.hspscience.com**

IRENE WIBAWA
▶ Científica de las plantas de California.
▶ Investiga de qué se enferman las plantas.

Irene Wibawa

Es probable que alguna vez hayas usado pistas para encontrar respuestas a tus preguntas. Irene Wibawa también usa pistas en su trabajo. Se dedica a investigar de qué se enferman las plantas.

Irene Wibawa trabaja en un laboratorio. Allí observa las formas en que los insectos y las enfermedades afectan las plantas. Luego, usa sus observaciones y sus conocimientos para descubrir por qué una planta está enferma. Irene Wibawa ayuda a las plantas de California a permanecer sanas.

 **Piensa y escribe**

¿Por qué es importante el trabajo que Irene Wibawa hace con las plantas?

George Washington Carver

El dr. George Washington Carver fue un científico de las plantas que trabajó con los granjeros. Les enseñó cómo debían plantar para mantener el suelo sano. Así, los granjeros obtuvieron cultivos más grandes y de mejor calidad.

El dr. Carver realizó experimentos con diferentes plantas, como batatas, algodón, soya y cacahuates. ¡Ideó más de 300 cosas que podían hacerse con las plantas de cacahuate!

GEORGE WASHINGTON CARVER

1860–1943

▶ Científico de las plantas.

▶ Ideó muchos usos para los cacahuates.

 Piensa y escribe

¿Por qué es importante para los granjeros mantener el suelo sano?

cacahuates

Estándares de Ciencia

2.a Saber que las plantas y los animales producen brotes o crías de su mismo tipo. Estos brotes o crías se parecen entre sí y a sus progenitores.

2.c Saber que muchas de las características de un organismo son heredadas de los padres mientras que otras son causadas por el medio ambiente o éste influye en ellas.

2.d Saber que existen variaciones entre individuos de cierta especie dentro de una población.

Investigación y Experimentación

4.f Usar lentes de aumento o microscopios para efectuar observaciones y dibujar objetos pequeños o detalles de los objetos.

California: Dato breve

Las secuoyas

Esta secuoya gigante se encuentra en el Parque Nacional de las Secuoyas. Algunas secuoyas tienen más de 3,000 años de edad.

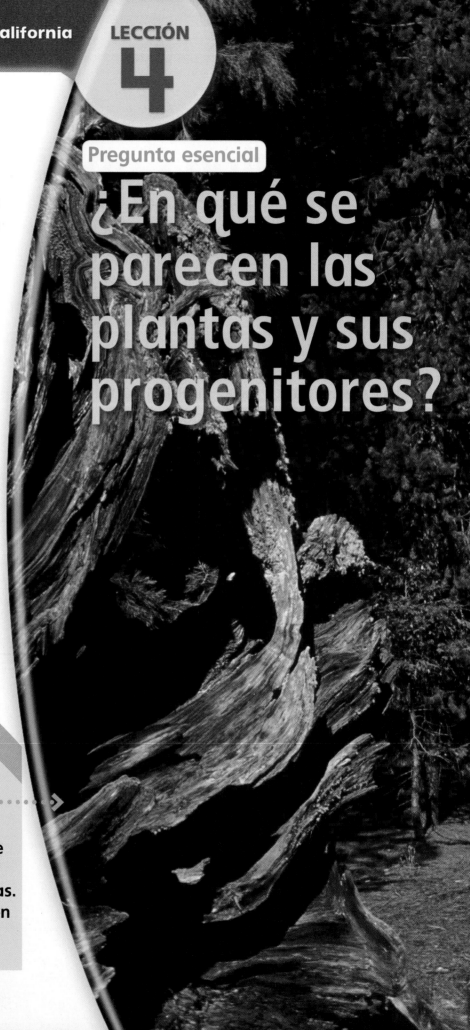

Pregunta esencial

¿En qué se parecen las plantas y sus progenitores?

Una **característica** es una cualidad o un rasgo de una planta o de un animal. pág. 196

193

En qué se parecen y se diferencian las plantas

Pregunta

¿En qué se parecen y se diferencian las flores?

Prepárate

Sugerencia para la investigación
Puedes comparar dos cosas cuando las observas con atención.

Materiales

2 plantas del mismo tipo

papel y marcadores

lupa

Qué hacer

Paso

Observa cada planta. ¿De qué color es? ¿Qué altura tiene? ¿Cuántas hojas tiene? Con una lupa, observa las partes pequeñas de ambas plantas.

Paso 2

Haz una tabla como esta.

	Planta 1	Planta 2
color de la planta		
número de hojas		
forma de las hojas		

Paso 3

Compara tu tabla con la de un compañero.

Sacar conclusiones

¿En qué se parecen y se diferencian las plantas? **2.c**

Examinación independiente

Observa otras plantas. Mira el color, la forma, la textura y el tamaño de las hojas. Usa dos o más de esas características para comparar y clasificar las hojas en grupos. **4.f**

VOCABULARIO
característica

 **CAUSA Y EFECTO**

Busca en la lectura las razones por las que las plantas se parecen o no se parecen a sus progenitores.

Las plantas se parecen a sus progenitores

Las plantas producen plantas nuevas. Al comienzo, las plantas nuevas son más pequeñas que sus progenitores. A veces no tienen flores, aunque provengan de plantas con flor.

La planta joven crece y comienza a parecerse a sus progenitores. Esto sucede porque los progenitores pasan **características**, o rasgos, a la planta nueva.

naranjos

Las plantas heredan casi todas sus características de sus progenitores. Por ejemplo, la misma forma de las hojas. O, si un progenitor produce conos o frutos, entonces la planta joven también hará lo mismo.

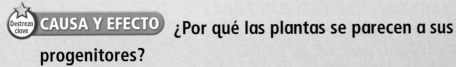 **CAUSA Y EFECTO** ¿Por qué las plantas se parecen a sus progenitores?

abetos gigantes

El aspecto de las plantas es diferente del de sus progenitores

Casi todas las plantas nuevas reciben características de dos progenitores. Por eso es que se parecen pero no son idénticas a ellos.

Uno de los progenitores puede ser una planta alta, mientras que el otro puede ser una planta baja. Así, es posible que algunas plantas nuevas sean altas y otras sean bajas.

espuelas de caballero

guisantes de olor

Los progenitores pueden tener flores de diferentes colores. Es posible entonces, que algunas plantas nuevas tengan flores de un color y otras tengan flores de otro color.

A veces, algunas plantas de un mismo tipo crecen juntas en un grupo. Pero, no todas son iguales. Tienen diferentes tamaños y sus flores son de diferente color.

Cuando las plantas producen plantas nuevas, estas también tienen diferentes tamaños y son de diferentes colores. Cada vez que los progenitores produzcan plantas nuevas, habrá aún más diferencias.

guisantes de olor

Destreza clave **CAUSA Y EFECTO** ¿Qué puede causar que las plantas nuevas sean diferentes de sus progenitores?

dragones

Las plantas y el medio ambiente

El medio ambiente influye en las plantas. El agua es parte del medio ambiente. A veces, una planta recibe muy poca agua. Otras veces, recibe demasiada agua. En ambos casos, la planta no crece bien. No recibir la cantidad adecuada de agua puede hacer que una planta sea diferente de sus progenitores.

Estas plantas de maíz no reciben suficiente agua. Producirán pocas mazorcas, o ninguna.

Estas plantas de maíz reciben toda el agua que necesitan. Producirán muchas mazorcas.

berros que recibieron suficiente luz al crecer

berros que no recibieron luz al crecer

Una planta no crece bien si recibe muy poca o demasiada luz. Es posible que no dé flores. No recibir la cantidad adecuada de luz puede hacer que una planta sea diferente de sus progenitores.

El medio ambiente puede influir de otras formas en el crecimiento de las plantas. El suelo influye en su manera de crecer. Los insectos les pueden causar daño.

CAUSA Y EFECTO ¿Cómo influye el medio ambiente en las características de una planta?

Minilab

Observa una hoja

Observa una hoja de cerca. ¿Qué puedes decir sobre el medio ambiente en el que vivía la planta a la que pertenece? ¿Recibió la cantidad correcta de alimento, agua y luz?

Pregunta esencial

¿En qué se parecen las plantas y sus progenitores?

En esta lección, aprendiste que una planta hereda características de sus progenitores. El medio ambiente también puede influir en las características de una planta.

Estándares de Ciencia en esta lección

2.a Saber que las plantas y los animales producen brotes o crías de su mismo tipo. Estos brotes o crías se parecen entre sí y a sus progenitores.

2.c Saber que muchas de las características de un organismo son heredadas de los padres mientras que otras son causadas por el medio ambiente o éste influye en ellas.

2.d Saber que existen variaciones entre individuos de cierta especie dentro de una población.

1. (Destreza clave) **CAUSA Y EFECTO** Haz una gráfica como la siguiente. Muestra qué causa que una planta tenga un determinado aspecto. **2.a**

| causa | → | efecto |

2. RESUMIR Escribe un resumen de la lección. Comienza con la oración: **Las plantas se parecen a sus progenitores y también se diferencian de ellos.** **2.c**

3. VOCABULARIO Escribe una oración con la palabra **característica**. **2.c, 2.d**

4. Investigación ¿Qué puedes aprender si miras las partes de una planta con una lupa? **4.f**

5. Ambos progenitores de una planta tienen flores amarillas. ¿De qué color serán probablemente las flores de la planta nueva? **2.c**

A anaranjado
B rojo
C blanco
D amarillo

La idea importante

6. Si ves un árbol, ¿qué puedes inferir, o deducir, sobre sus progenitores? **2.c**

Redacción  ELA–W 1.1

Escribe para describir

1. Dibuja dos flores del mismo tipo.

2. Escribe varias oraciones para describir en qué se parecen.

3. Escribe varias oraciones para describir en qué se diferencian.

4. Comenta las oraciones con tus compañeros.

 Matemáticas SDAP 1.1, 1.2

Gráfica de dibujos sobre el crecimiento de una planta

1. Pon tierra arenosa en una maceta y tierra para macetas en otra. Siembra semillas de pasto en ambas macetas y riégalas. Mide la altura del pasto todas las semanas, el mismo día de la semana.

2. Registra los datos en una tabla.

3. Haz una gráfica de dibujos con los datos de tu tabla. Rotula las partes de la gráfica.

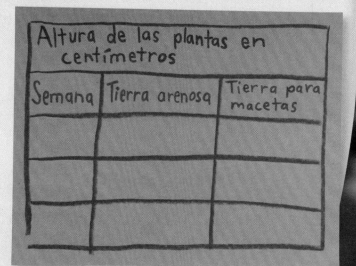

Altura de las plantas en centímetros		
Semana	Tierra arenosa	Tierra para macetas

 Para hallar otros enlaces y actividades, visita **www.hspscience.com**

Instituto de Tecnología Agrícola de California

Las uvas son un cultivo importante de California.

Este escáner proporciona información sobre las uvas. Los granjeros lo usan en diferentes partes de un campo.

Las granjas de California son enormes. ¿Cómo pueden saber los granjeros si los cultivos que crecen en el medio de un campo están sanos? ¿Cómo saben si reciben suficiente agua o los nutrientes adecuados? Los científicos del Instituto Agrícola de California idean diferentes métodos para ayudarlos.

La siguiente es una de las maneras en que los científicos ayudan a los granjeros. Desde un avión, se toman fotografías que muestran cómo están creciendo los cultivos en un campo. En algunas fotografías se ve si las plantas necesitan agua. En otras, se ven los efectos del suelo en los cultivos. Este tipo de información es muy útil para los granjeros de California porque les ayuda a determinar cómo pueden obtener cultivos más grandes y de mejor calidad.

Piensa y escribe

¿Cómo pueden ayudar las Ciencias a mejorar los cultivos de los granjeros?

Investiga más. Visita
www.hspscience.com

LECCIÓN 5

Estándares de Ciencia

2.c Saber que muchas de las características de un organismo son heredadas de los padres mientras que otras son causadas por el medio ambiente o éste influye en ellas.

2.e Saber que la luz, la gravedad, el contacto o la presión ambiental pueden influir en la germinación, el crecimiento y el desarrollo de las plantas.

Investigación y Experimentación

4.a Hacer predicciones basándose en patrones observados, en contraste con adivinar al azar.

Pregunta esencial

¿Qué puede influir en el crecimiento de una planta?

California: Dato breve

Los cipreses de Monterey

Estos árboles cipreses crecen a lo largo de la costa de Monterey. Los fuertes vientos hacen que crezcan inclinados.

Los **nutrientes** son cosas que las plantas y los animales obtienen para poder vivir. Las plantas absorben nutrientes del suelo.

pág. 215

Cómo la luz cambia una planta

Examinación dirigida

Pregunta

¿Por qué la planta se inclina hacia la ventana?

Prepárate

Sugerencia para la investigación

Cuando predices, describes lo que piensas que sucederá. Para formular tu predicción, usas la información de lo que ya observaste.

Materiales

2 plantas

papel aluminio

Qué hacer

Paso ①

Cubre las hojas de una planta con papel aluminio. **Predice** qué sucederá.

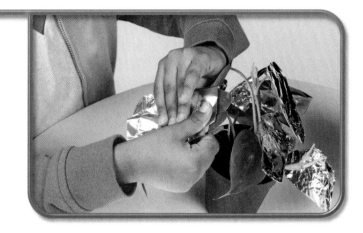

Paso ②

Pon ambas plantas en un lugar soleado. Riégalas cuando veas que la tierra está seca. Espera una semana.

Paso ③

Quita el papel aluminio. Observa y compara las plantas. ¿Fue correcta tu predicción?

Sacar conclusiones

¿Por qué son diferentes las dos plantas? **2.c**

> ### Examinación independiente
>
> **Predice** qué otras cosas, además de la luz, pueden influir en el crecimiento de las plantas. Investiga. Comprueba si tus predicciones son correctas. **4.a**

VOCABULARIO
nutrientes

IDEA PRINCIPAL Y DETALLES

Busca en la lectura algunos detalles sobre las cosas que pueden influir en el crecimiento de una planta.

La luz

Las plantas necesitan luz para crecer. Por eso, crecen en dirección a una fuente de luz. La flor del girasol gira para estar todo el día de cara al sol. Por la mañana, cuando el sol brilla en el este, gira hacia el este. Y, por la tarde, cuando el sol brilla en el oeste, gira hacia el oeste.

girasoles

A veces, la fuente de luz ilumina un solo lado de la planta. Por ejemplo, cuando la luz entra por una ventana. En tal caso, los tallos y las hojas de la planta giran hacia la fuente de luz.

IDEA PRINCIPAL Y DETALLES ¿Cómo influye la luz en el crecimiento de una planta?

alegrías

La gravedad

La gravedad hace que las raíces de una planta crezcan hacia abajo. El tallo y las hojas crecen hacia arriba en busca de la luz solar.

Si se coloca una planta en posición horizontal, las raíces se doblan y crecen hacia abajo. Los tallos y las hojas también se doblan, pero crecen hacia arriba.

Destreza clave IDEA PRINCIPAL Y DETALLES ¿Por qué crecen hacia abajo las raíces de una planta?

semilla de frijol ayocote germinando ▼

tallo en posición horizontal, doblándose para crecer hacia arriba ▼

El contacto

El contacto influye en algunas plantas. Los tallos de las enredaderas, como la campanilla, crecen hacia arriba. Cuando tocan un objeto, se enrollan a su alrededor. Las hojas de la mimosa se cierran cuando algo las toca.

Algunas plantas, como la Venus atrapamoscas, se alimentan de insectos. Estas plantas tienen pelos especiales. Cuando un insecto toca esos pelos, la hoja se cierra rápidamente y el insecto queda atrapado en su interior.

Destreza clave **IDEA PRINCIPAL Y DETALLES** ¿Cómo influye el contacto en algunas plantas?

campanilla

Venus atrapamoscas

hojas de mimosa

El agua

Muchas semillas necesitan agua para germinar, o brotar. Las plantas no pueden vivir sin agua. Pero recibir demasiada agua les hace daño. Las raíces se pudren y las plantas mueren.

Si una planta no recibe suficiente agua, sus hojas y tallos se marchitan. Luego, se secan y se ponen de color café. Al poco tiempo, la planta muere.

Minilab

Compara claveles

Toma dos claveles blancos del mismo tamaño. Dobla el tallo de uno. Luego, pon cada clavel en un vaso con agua de color. Observa los claveles durante dos días. ¿Qué cambios ves?

 **IDEA PRINCIPAL Y DETALLES** ¿Qué sucede si una planta recibe demasiada o muy poca agua?

▲ begonia recién regada

▲ begonia sin regar

La temperatura

La temperatura también influye en la germinación de las semillas y en el crecimiento de las plantas. Muchas semillas necesitan una temperatura determinada para poder germinar.

Algunas plantas, como las palmeras, crecen mejor con temperaturas altas. En cambio, otras plantas crecen mejor con temperaturas bajas. Las lilas necesitan inviernos fríos.

lila

Otras cosas del medio ambiente

Los **nutrientes** son cosas del suelo que las plantas necesitan para crecer y permanecer sanas. Si el suelo no tiene los nutrientes adecuados, es posible que la planta no crezca bien.

A veces, las plantas no tienen suficiente espacio para crecer bien. Además, los insectos y otros animales se las pueden comer. También es posible que en el suelo o en el agua haya cosas dañinas para las plantas.

Destreza clave **IDEA PRINCIPAL Y DETALLES** ¿Qué cosas del medio ambiente pueden influir en las plantas?

Estas plantas crecen en suelo de color oscuro.

Esta planta crece en el desierto arenoso.

¿Qué puede influir en el crecimiento de una planta?

En esta lección, aprendiste cómo la luz, la gravedad, el contacto, el agua y otras cosas del medio ambiente influyen en el crecimiento de una planta.

 Estándares de Ciencia en esta lección

2.c Saber que muchas de las características de un organismo son heredadas de los padres mientras que otras son causadas por el medio ambiente o éste influye en ellas.

2.e Saber que la luz, la gravedad, el contacto o la presión ambiental pueden influir en la germinación, el crecimiento y el desarrollo de las plantas.

1. (Destreza clave) **IDEA PRINCIPAL Y DETALLES**
Haz una gráfica como la siguiente. Muestra detalles sobre las cosas que influyen en el crecimiento de una planta. **2.e**

```
        Idea principal
       /      |      \
  detalle  detalle  detalle
```

2. **RESUMIR** Escribe un resumen de la lección. Comienza con la oración: **Muchas cosas influyen en el crecimiento de las plantas.** **2.c**

3. VOCABULARIO Escribe una oración con la palabra **nutrientes**. **2.e**

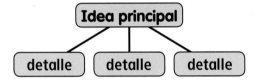

4. Razonamiento crítico
Cuando tocas las hojas de una planta y estas se cierran, ¿qué puedes inferir, o deducir, sobre la planta? **2.e**

5. ¿Cómo influye la gravedad en las plantas? **2.e**

La idea importante

6. Imagina que alguien te regala una planta. ¿Qué necesitas saber para que la planta permanezca sana? **2.e**

Redacción ELA–WA 2.1.a

Escribe para informar

1. Pon cinco semillas y una toalla de papel empapada en agua dentro de una bolsa de plástico con cierre. Cierra la bolsa.

2. Pon cinco semillas y una toalla de papel seca dentro de otra bolsa. Cierra la bolsa.

3. Observa las semillas durante una semana.

4. Escribe algo sobre lo que sucede. Explica por qué sucede.

Mis observaciones
1.

 Matemáticas SDAP 1.1, 1.2

Gráfica de barras sobre el riego de las plantas

1. Tres plantas recibieron diferente cantidad de agua. La planta A creció 3 centímetros, la planta B creció 4 centímetros y la planta C creció 2 centímetros.

2. Registra los datos en una tabla.

3. Haz una gráfica de barras con los datos de la tabla. Rotula las partes.

4. Comenta los resultados con tus compañeros.

 Para hallar otros enlaces y actividades, visita **www.hspscience.com**

Conclusión

🔖 Resumen visual

Describe cómo cada ilustración ayuda a explicar la **idea importante**.

La idea importante Las plantas y los animales cambian a medida que crecen. Todas las etapas, o fases, de su vida forman su ciclo de vida.

2.a, 2.f

Las plantas y los animales tienen ciclos de vida. Los animales y las plantas se parecen a sus progenitores. Esto sucede porque heredan características de ellos.

2.b

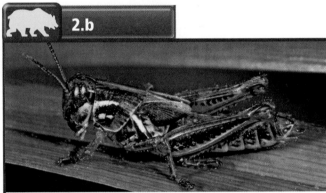

Los animales tienen diferentes ciclos de vida. Algunos, como los gatos y los ratones, tienen crías vivas. Otros, como las ranas, las mariposas y los saltamontes, ponen huevos.

2.c, 2.d, 2.e

Las plantas y los animales heredan unas características de un progenitor y otras características del otro progenitor. El medio ambiente influye en la forma en que crecen y cambian.

2.f

Muchas plantas tienen flores y frutos que las ayudan a producir plantas nuevas.

Muestra lo que sabes

Actividad de redacción de la unidad

Escribe sobre un ciclo de vida

Todos los inviernos, las mariposas monarca vienen a California. Investiga el ciclo de vida de las mariposas monarca. Escribe varias oraciones para describirlo. Luego, haz dibujos para ilustrar lo que escribiste. Tus dibujos deben mostrar las etapas del ciclo de vida de las mariposas monarca ordenadas en la secuencia correcta.

Proyecto de la unidad

Guía informativa sobre los seres vivos de California

Busca información sobre algunas plantas y animales que vivan en California. Crea páginas con los datos que encuentres sobre esas plantas y animales. Describe cómo cambia cada uno de esos seres vivos a medida que crece. Ilustra tus datos con dibujos. Arma un libro con todas las páginas.

Repaso

Estándares
de Ciencia de
California en el ▮

Repaso del vocabulario

Usa los términos para completar las oraciones.
Los números de página te indican dónde buscar
ayuda si la necesitas.

ciclo de pág. 152   **fruto** pág. 184
   vida

renacuajo pág. 154   **característica** pág. 196

medio   **nutrientes** pág. 215
   ambiente pág. 172

1. Todo lo que hay alrededor de un animal

es su _____.   `2.a`

2. Un rasgo, o cualidad, de una planta o de

un animal es una _____.   `2.c`

3. Un _____ contiene y protege las semillas.
`2.f`

4. Una rana joven es un _____.   `2.b`

5. Todas las etapas, o fases, de la vida de una

planta o de un animal forman su _____.
`2.b`

6. Los _____ son cosas que las plantas y los

animales deben obtener para vivir y crecer.
`2.e`

Comprueba lo que aprendiste

7. Escribe *primero, después, luego* y *por último* para mostrar la secuencia. `2.f`

_____ _____ _____ _____

8. ¿Cuál de estos es un ciclo de vida correcto? `2.b`

A huevo, ninfa, saltamontes

B bellota, roble, plantita

C larva, mariposa, crisálida, huevo

D renacuajo, huevo, rana

Razonamiento crítico

9. Describe cómo algunos animales jóvenes se diferencian de sus progenitores. `2.d`

La idea
importante

10. Describe el ciclo de vida de una planta y de un animal. `2.b`

UNIDAD 3
CIENCIAS DE LA TIERRA

Los materiales de la Tierra

Estándares de California en esta unidad

3 La Tierra está hecha de materiales que tienen distintas propiedades y proporcionan recursos para las actividades humanas. Bases para entender este concepto:

3.a Poder comparar las propiedades físicas de distintos tipos de rocas y saber que las rocas están compuestas de diferentes combinaciones de minerales.

3.b Saber que las partículas del suelo o sedimento se forman por la ruptura y erosión de las rocas.

3.c Saber que el suelo está compuesto en parte de fragmentos de rocas intemperizadas y en parte de materia orgánica. Los suelos tienen distinto color, textura, capacidad para retener agua, y habilidad para sostener el desarrollo de diversos tipos de plantas.

3.d Saber que los fósiles son evidencia de plantas y animales que vivieron hace mucho tiempo. Los científicos estudian fósiles para conocer la historia de la Tierra.

3.e Saber que las rocas, el agua, las plantas, y el suelo proporcionan al ser humano recursos como alimentos, combustibles, y materiales de construcción.

Esta unidad también incluye los siguientes Estándares de Investigación y Experimentación:
4.b, **4.d**, **4.e**, **4.f**, **4.g**

¿Cuál es la idea importante?

La Tierra está hecha de diferentes materiales. Las personas usan esos materiales.

Preguntas esenciales

Ciencias en California

Cañón Red Rock

Hola, Luis:

¡Fuimos al cañón Red Rock! La lluvia y el viento han intemperizado las rocas y les han dado unas formas muy curiosas.

¡Vimos fósiles en las rocas! Los fósiles son lo que queda de las plantas y de los animales que vivieron hace mucho tiempo.

Te contaré más cosas cuando nos veamos.

Christine

Lee la postal. ¿Qué aprendió Christine sobre las rocas? ¿Cómo ayuda eso a explicar la **idea importante**?

Examinación de la unidad

El suelo retiene agua
¿Cuánta agua pueden retener los distintos tipos de suelo? Planea y haz una prueba para descubrirlo.

Estándares de Ciencia

3.a Poder comparar las propiedades físicas de distintos tipos de rocas y saber que las rocas están compuestas de diferentes combinaciones de minerales.

Investigación y Experimentación

4.c Comparar y clasificar objetos cotidianos basados en dos o más propiedades físicas (por ejemplo: color, forma, textura, tamaño y peso).

4.f Usar lentes de aumento o microscopios para efectuar observaciones y dibujar objetos pequeños o detalles de los objetos.

Pregunta esencial

¿Qué son las rocas y los minerales?

California: Dato breve

Las colinas de Alabama

Las colinas de Alabama se encuentran en el valle Owens, al este de las montañas de la Sierra Nevada. En las colinas de Alabama hay unas formaciones de granito extraordinarias.

Una **roca** es un material duro que se encuentra en la naturaleza. Las rocas están compuestas por uno o más minerales. pág. 228

Un **mineral** es un material sólido que se encuentra en la naturaleza y que nunca estuvo vivo. pág. 229

Una **propiedad** es una característica de algo. pág. 230

La **textura** es la manera como se siente un objeto cuando lo tocas. pág. 230

La dureza de los minerales

Pregunta

¿Qué diferencias hay entre el diamante natural y el diamante cortado y pulido? ¿Por qué piensas que los diamantes se usan para hacer joyas?

Prepárate

Sugerencia para la investigación

Puedes **observar** algunas cosas tocándolas.

Materiales

minerales

moneda de 1 ¢ de cobre

clip metálico

Qué hacer

Paso ①

Haz una tabla para mostrar la dureza de cada mineral.

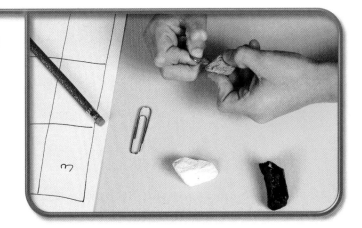

Paso ②

Raspa cada mineral con una uña, con la moneda de 1¢ y con el clip. **Observa** qué sucede.

Minerales			
	uña	moneda de 1¢	clip
1			
2			
3			

Paso ③

Registra en tu tabla qué objetos dejan una marca en cada mineral.

Sacar conclusiones

Los objetos que son más duros que un mineral dejan una marca. ¿Qué objetos son más duros que cada mineral?　**3.a**

Examinación independiente

Observa algunas rocas con una lupa. ¿Qué propiedades tienen? Clasifica las rocas en grupos de acuerdo con dos o más de esas propiedades.

4.c, 4.f

3.a

Destreza clave · IDEA PRINCIPAL Y DETALLES

Busca en la lectura algunos detalles sobre las rocas y los minerales.

Las rocas y los minerales

Imagina que estás en las montañas de California. Ves rocas por todas partes. Una **roca** es un material duro y sólido que se encuentra en la naturaleza.

Algunas rocas son muy grandes. Otras son tan pequeñas que necesitas una lupa o un microscopio para verlas bien.

montañas de la Sierra Nevada

piedra caliza, una roca

rodocrosita, un mineral

Las rocas están compuestas por minerales. Un **mineral** es un material sólido que se encuentra en la naturaleza y que nunca estuvo vivo.

Algunos tipos de rocas contienen solo un mineral. Pero casi todas las rocas están compuestas por dos o más minerales.

Destreza clave **IDEA PRINCIPAL Y DETALLES** ¿De qué están hechas las rocas?

Minilab

Clasifica las rocas

Con una lupa, busca minerales en algunas rocas. Clasifica las rocas según los minerales que encuentres en ellas.

229

Las propiedades de los minerales

Todos los minerales son diferentes. Tienen diferentes propiedades. Una **propiedad** es una característica de algo. Los diferentes minerales tienen diferente aspecto, color y lustre. El lustre es el brillo. Algunos minerales brillan más que otros.

Los minerales también tienen texturas diferentes. La **textura** es la manera como se siente algo cuando lo tocas. Algunos minerales son ásperos al tacto y otros son lisos.

Algunos minerales son más duros que otros. Como ya aprendiste, puedes raspar un mineral para conocer su dureza.

El color de los minerales

¿De qué color es cada uno de estos minerales?

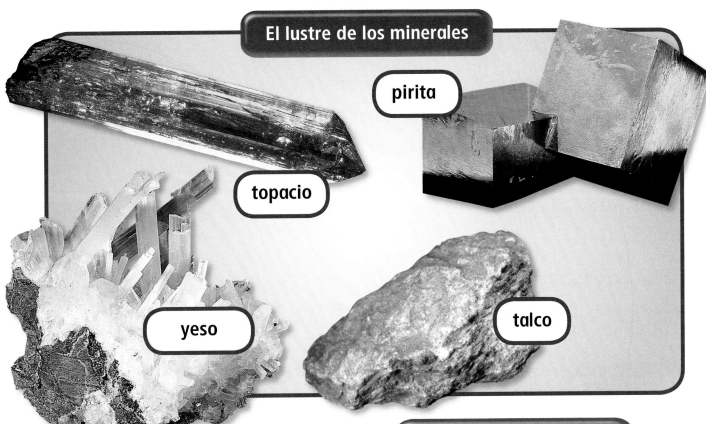

El lustre de los minerales

pirita

topacio

yeso

talco

Algunos minerales tienen más masa que otros. Quizás te parezca que dos pedazos de igual tamaño de diferentes minerales tienen igual masa. Pero al ponerlos en una balanza, es probable que descubras que uno tiene más masa.

Una de las rocas que están sobre la balanza tiene más masa que la otra. ¿Por qué?

La dureza de los minerales

El talco es el mineral más blando.

El diamante es el mineral más duro.

¿Por qué la roca de la izquierda está más abajo que la otra roca?

Destreza clave IDEA PRINCIPAL Y DETALLES

¿Cuáles son algunas propiedades de los minerales?

Comparar minerales

El granito es una roca dura y puede ser muy hermoso. Suele usarse para hacer edificios y estatuas. El granito está compuesto principalmente por minerales como el feldespato, el cuarzo, la hornablenda y la mica.

El feldespato puede ser de muchos colores, como verde, rosado, blanco y gris. Es un mineral bastante duro. El feldespato tiene una textura lisa.

El cuarzo también puede ser de muchos colores. Tiene un aspecto cristalino. El cuarzo es un poco más duro que el feldespato y tiene una textura lisa.

El granito

feldespato

cuarzo

Texturas diferentes

Algunas rocas son lisas al tacto. Otras son ásperas. Puedes observar y tocar las rocas para comparar su textura. Usa una lupa para ver más detalles. ¿Qué diferencias hay entre las texturas de estas rocas? ¿Cómo lo sabes?

Para hallar otros enlaces y animaciones, visita **www.hspscience.com**

La mica puede ser transparente, negra, verde, roja o de otros colores. También es blanda y está compuesta por hojuelas muy delgadas. Algunos tipos de mica son lisos al tacto y otros son ásperos.

La hornablenda se encuentra en color negro brillante o verde oscuro. Es casi igual de dura al feldespato y es lisa. No está compuesta por hojuelas.

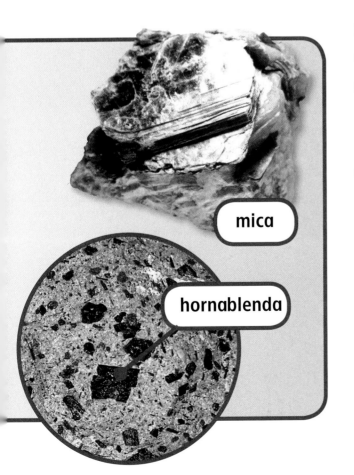

mica

hornablenda

Destreza clave IDEA PRINCIPAL Y DETALLES ¿Cuáles son algunas propiedades de los minerales que se encuentran en el granito?

¿Qué son las rocas y los minerales?

En esta lección, aprendiste que los diferentes tipos de rocas tienen diferentes propiedades. También aprendiste que las rocas están compuestas por diferentes minerales.

Estándares de Ciencia en esta lección

3.a Poder comparar las propiedades físicas de distintos tipos de rocas y saber que las rocas están compuestas de diferentes combinaciones de minerales.

1. (Destreza clave) **IDEA PRINCIPAL Y DETALLES**
Haz una gráfica como la siguiente. Escribe algunos detalles sobre esta idea principal: **Los minerales tienen distintas propiedades.**

3.a

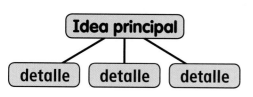

2. **SACAR CONCLUSIONES**
Observa un mineral. ¿Cuáles son sus propiedades? **3.a**

3. **VOCABULARIO** Escribe una oración con las palabras **roca** y **mineral**. **3.a**

4. Razonamiento crítico El oro es un mineral blando. ¿De qué forma esta propiedad hace que sea útil para fabricar joyas? **3.a**

5. ¿Cuál de estos minerales es el más duro? **3.a**

A el feldespato

B la hornablenda

C la mica

D el cuarzo

La idea importante

6. ¿Por qué es útil conocer la dureza de un mineral? **3.a**

Redacción  ELA–W 1.1

Escribe para describir

1. Observa las semejanzas y las diferencias que hay entre algunas rocas pequeñas. Mira su color, forma, tamaño y textura.

2. Clasifica las rocas según dos o más de esas propiedades.

3. Escribe algunas oraciones para describir cómo clasificaste las rocas.

Cómo clasifiqué mis rocas

 Matemáticas NS 1.3

Ordena las rocas según su masa

1. Elige cuatro rocas.

2. Coloca una roca en un lado de una balanza. Coloca pesas en el otro lado hasta equilibrar ambos lados. Registra la masa de la roca.

3. Haz lo mismo con el resto de las rocas.

4. Ordena las rocas desde la que tiene menor masa hasta la que tiene mayor masa.

 Para hallar otros enlaces y actividades, visita **www.hspscience.com**

Edward Drinker Cope

EDWARD DRINKER COPE

▶ Paleontólogo.
▶ Describió al menos 1,000 tipos de animales que vivieron hace mucho tiempo.

El dr. Edward Drinker Cope fue un paleontólogo famoso. Un paleontólogo es un científico que estudia los fósiles. El dr. Cope encontró fósiles en varios estados.

Cuando el dr. Cope comenzó su trabajo, los científicos conocían solo 18 tipos de dinosaurios. El dr. Cope encontró huesos de 56 tipos de dinosaurios y de muchos otros animales que vivieron hace tiempo.

El dr. Cope escribió sobre sus descubrimientos. Así, otros científicos luego aprendieron de lo que él había hecho.

Piensa y escribe

¿Por qué es importante que los científicos informen a otros sobre su trabajo?

Edward Drinker Cope fue el primero en encontrar huesos del camarasaurio.

Elizabeth Miura

Elizabeth Miura es una mineralogista. Los mineralogistas son científicos que estudian los minerales. Los minerales se encuentran en las rocas.

Elizabeth Miura trabaja con otros científicos para estudiar el agua que hay en los minerales. Ellos piensan que la información que reúnan los ayudará a aprender más sobre la historia de la Tierra.

✏️ Piensa y escribe

¿Cómo piensas que puede ser útil trabajar con otras personas?

ELIZABETH MIURA

▶ Mineralogista del Instituto Tecnológico de California.

▶ Estudia el agua de los minerales para aprender más sobre la historia de la Tierra.

granates

Estándares de Ciencia

3.b Saber que las partículas del suelo o sedimento se forman por la ruptura y erosión de las rocas.

Investigación y Experimentación

4.f Usar lentes de aumento o microscopios para efectuar observaciones y dibujar objetos pequeños o detalles de los objetos.

Pregunta esencial

¿Qué sucede a medida que las rocas se intemperizan?

California: Dato breve

El Capitán

El Capitán, que se encuentra en el Parque Nacional Yosemite, mide 805 metros de altura. Es uno de los lugares favoritos de muchos escaladores de rocas.

El **intemperismo** es el cambio que ocurre cuando las rocas se rompen en pedazos más pequeños. El viento, el agua y otras cosas causan intemperismo. pág. 242

El agua se **congela**, o se convierte en un sólido, cuando se enfría lo suficiente. pág. 244

Cómo cambian las rocas

Pregunta

¿Qué piensas que dio una forma tan extraordinaria a estas rocas?

▼ Cañón Paria, en los acantilados de Vermillion, en Arizona.

Prepárate

Sugerencia para la investigación
Cuando usas una lupa para observar, puedes ver mejor las partes de los objetos pequeños.

Materiales

sal en grano

lupa

frasco, tapa, arena y agua

pinzas y cuchara

Qué hacer

Paso

Toma un grano de sal con las pinzas. **Observa** su tamaño y su forma con una lupa.

Paso ②

Pon sal en grano, arena y agua en un frasco. Tapa el frasco. Agítalo durante 5 minutos.

Paso ③

Quita la sal en grano con las pinzas. Observa. ¿Cómo ha cambiado?

Sacar conclusiones

¿Por qué cambió la sal en grano? **3.b**

Examinación independiente

Los pedazos grandes de roca, ¿se intemperizan más rápido que los pedazos pequeños? Planea y haz una prueba para descubrirlo. **3.b**

VOCABULARIO
intemperismo
congelar

 **CAUSA Y EFECTO**

Busca en la lectura las causas y los efectos del intemperismo.

El intemperismo

La Tierra está hecha de rocas. Las rocas de la superficie de la Tierra cambian todo el tiempo.

Una de las causas por las que cambian es el intemperismo. El **intemperismo** se produce cuando el viento y el agua rompen la roca en pedazos más pequeños.

Los pedazos más pequeños de roca están en la capa superior. En las capas inferiores, hay pedazos cada vez más grandes de roca intemperizada. ▶

El agua y el viento intemperizan todas las rocas. Pero hay rocas que se intemperizan más rápido que otras.

Algunas rocas tienen minerales más duros. Esas rocas se intemperizan muy lentamente. Otras tienen minerales más blandos. Esas rocas se intemperizan un poco más rápido.

Minilab

Cambia las rocas

Observa dos rocas con una lupa. Registra tus observaciones. Frota una roca contra la otra. Vuelve a observarlas con una lupa. ¿Cómo cambiaron las rocas? ¿Por qué cambiaron?

Destreza clave CAUSA Y EFECTO ¿Cuáles son dos causas del intemperismo?

arco natural de arenisca

El intemperismo causa cambios

El intemperismo comienza cuando el agua entra en las grietas de las rocas. Si el agua se enfría lo suficiente, se **congela**, o se convierte en hielo. El hielo ocupa más espacio que el agua. Por eso, empuja contra las paredes de las grietas y las agranda.

Luego, el hielo se descongela, o se derrite. Vuelve a entrar agua en las grietas. Esto se repite una y otra vez. Entonces, las rocas se rompen en pedazos.

granito agrietado por el hielo

raíces de enebro abriéndose paso por las grietas de la roca

Las raíces de las plantas también causan intemperismo. Algunas plantas tienen raíces muy fuertes. Al crecer hacia abajo, las raíces a veces entran en las grietas de las rocas. La fuerza con la que empujan puede llegar a partir una roca.

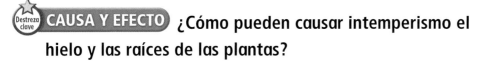 **CAUSA Y EFECTO** ¿Cómo pueden causar intemperismo el hielo y las raíces de las plantas?

245

El intemperismo dañó esta estatua de piedra.

Unos artistas la repararon.

Cosas en el aire que causan intemperismo

Algunas cosas que hay en el aire causan intemperismo. De todas ellas, el agua es la que produce más intemperismo. El agua se mezcla con otras cosas que hay en el aire y en las rocas. Entonces, ocurren muchos tipos de cambios. Esos cambios intemperizan la roca. Este tipo de intemperismo suele ocasionar cambios de color en la roca.

A veces hay humo en el aire. El agua se mezcla con los gases del humo. Esa mezcla intemperiza algunos tipos de rocas. Poco a poco, desgasta parte de los minerales que forman la roca.

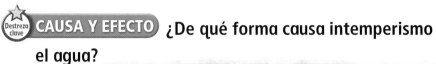 **CAUSA Y EFECTO** ¿De qué forma causa intemperismo el agua?

El intemperismo dañó esta figura de roca.

¿Qué sucede a medida que las rocas se intemperizan?

En esta lección, aprendiste que las rocas pequeñas se forman cuando las rocas grandes se intemperizan. El agua, el viento y otras cosas causan intemperismo.

Estándares de Ciencia en esta lección

3.b Saber que las partículas del suelo o sedimento se forman por la ruptura y erosión de las rocas.

1. (Destreza clave) **CAUSA Y EFECTO** Haz una gráfica como la siguiente. Muestra las causas del intemperismo. **3.b**

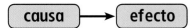

causa ⟶ efecto

2. RESUMIR Escribe un resumen de la lección. Comienza con la oración: **El intemperismo causa cambios.** **3.b**

3. VOCABULARIO Describe esta ilustración; usa la palabra **intemperismo**. **3.b**

4. Investigación ¿Cuándo es útil usar una lupa y unas pinzas? **4.f**

5. ¿Qué rocas se intemperizan por la acción del agua en movimiento o del viento? **3.b**

A todas las rocas

B solo las rocas más blandas

C solo las rocas más duras

D ninguna roca

La idea importante

6. ¿Qué causa el intemperismo? **3.b**

Redacción ELA–W 1.1

Escribe para describir

1. Busca en esta lección una ilustración que muestre el intemperismo.

2. Escribe algunas oraciones sobre la ilustración. No digas qué ilustración es.

3. Pide a un compañero que lea las oraciones y encuentre la ilustración que describiste.

El intemperismo

 Matemáticas MG 1.3

Mide el agua

1. Vierte agua en un vaso de plástico pequeño hasta la mitad. Marca la línea del agua. Mide la altura con una regla y regístrala.

2. Pon el vaso en un congelador. Espera hasta que el agua se congele.

3. Marca la línea del hielo. Mide y registra su altura. ¿Es igual, más alta o más baja que la otra línea?

4. ¿Cómo ayuda esta actividad a mostrar una causa del intemperismo?

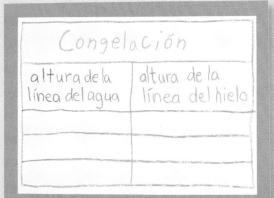

 Para hallar otros enlaces y actividades, visita **www.hspscience.com**

Estándares de California en esta lección

LECCIÓN
3

Estándares de Ciencia

3.c Saber que el suelo está compuesto en parte de fragmentos de rocas intemperizadas y en parte de materia orgánica. Los suelos tienen distinto color, textura, capacidad para retener agua, y habilidad para sostener el desarrollo de diversos tipos de plantas.

Investigación y Experimentación

4.b Medir la longitud, el peso, la temperatura y el volumen de líquidos usando instrumentos adecuados. Expresar los resultados en unidades del sistema métrico decimal.

California: Dato breve

El condado de Monterey

El estado de California es famoso por sus lechugas. La mayoría se cultiva en el condado de Monterey. Allí, el suelo es muy rico. Esa es una de las razones por las que las lechugas crecen tan bien.

Pregunta esencial

¿En qué se diferencian los distintos tipos de suelo?

El **suelo** está compuesto por pedacitos de roca mezclados con material que alguna vez estuvo vivo. pág. 254

El **humus** es el material vegetal y animal que hay en el suelo. pág. 254

Después de que los seres vivos mueren, se **pudren**, o se descomponen. pág. 254

Comparar distintos tipos de suelo

Examinación dirigida

Pregunta

¿Por qué piensas que las plantas crecen bien en este suelo?

Prepárate

Sugerencia para la investigación
Puedes usar una taza de medir para medir la cantidad de un líquido.

Materiales

▼ naranjal

vaso con tierra arenosa en un filtro

vaso con tierra para macetas en un filtro

taza de medir

agua

Qué hacer

Paso 1

Vierte una taza de agua en la tierra para macetas.

Paso 2

Vierte una taza de agua en la tierra arenosa. **Mide** la cantidad de agua que pasa a través de cada filtro.

Paso 3

Registra y compara las cantidades.

Sacar conclusiones

¿Qué aprendiste sobre estos dos tipos de suelo?

3.c

Examinación independiente

Repite la investigación con otro tipo de suelo. **Compara** la cantidad de agua que pasa por el filtro con las cantidades que pasaron por los dos primeros tipos de suelo.

3.c

3.c

VOCABULARIO
suelo   pudrir
humus

⭐ **COMPARAR Y CONTRASTAR**

Busca en la lectura las semejanzas y las diferencias que hay entre los distintos tipos de suelo.

El suelo

El **suelo** está compuesto por pedacitos de roca mezclados con material que alguna vez estuvo vivo. Ese material puede ser partes de plantas o de animales muertos.

El suelo tarda mucho tiempo en formarse. El viento y la lluvia intemperizan las rocas. Con el tiempo, los pedazos se rompen hasta convertirse en granos diminutos de arena. Esos granos forman parte del suelo.

El **humus** es el material vegetal y animal que hay en el suelo. Las partes de las plantas y de los animales muertos se **pudren**, o se descomponen. Los pedazos podridos se unen al suelo.

En el suelo viven animales. Esos animales cavan túneles por los que transitan. Al cavar y moverse de un lado a otro, mezclan el suelo.

⭐ **IDEA PRINCIPAL Y DETALLES** Compara la forma en que las rocas, el material vegetal y el material animal se desintegran para formar el suelo.

Los topos viven en túneles que cavan en el suelo. Las lombrices se mueven por el suelo todo el tiempo.

Arcilla

La arcilla tiene una textura lisa cuando está seca, y pegajosa cuando está húmeda.

Limo

El limo tiene una textura lisa y parece polvo.

Humus

El humus es blando y de color café. Retiene bien el agua. Está compuesto por material que alguna vez estuvo vivo.

Arena

Los granos de arena son ásperos. Son más grandes que los granos de limo o de arcilla.

Los tipos de suelo

Hay muchos tipos de suelo. Cada uno está compuesto por materiales diferentes. En el suelo puede haber arcilla, limo, arena o humus. Los distintos tipos de suelo tienen propiedades diferentes.

Una propiedad del suelo es el color. El suelo puede ser oscuro o claro. El suelo oscuro tiene mucho humus. El suelo claro está compuesto principalmente por arena. Algunos suelos son rojos porque tienen rocas con mucho hierro.

Otra propiedad del suelo es la textura. La arena tiene una textura granulada. El limo seco es polvoriento. La arcilla húmeda tiene una textura pegajosa. El humus se desmenuza entre los dedos.

Los tipos de suelo también se diferencian según su capacidad para retener el agua. La arcilla retiene mucha agua. La arena y el limo retienen menos agua. El humus actúa como una esponja y ayuda al suelo a retener el agua. Las plantas que necesitan más agua crecen bien en suelos con gran cantidad de este material.

Destreza clave **COMPARAR Y CONTRASTAR** ¿Qué semejanzas hay entre los tipos de suelo? ¿Qué diferencias hay?

Minilab

Mira el suelo de cerca

Usa una lupa para observar una muestra de suelo. ¿Qué ves? Trabaja con un compañero para comparar lo que cada uno observe.

Suelo para el cultivo

El suelo mantiene las raíces de las plantas en su lugar. Esto ayuda a las plantas a obtener agua y nutrientes.

Ya aprendiste que algunos tipos de suelo retienen mayor cantidad de agua que otros. Para las plantas es más fácil absorber agua de ciertos tipos de suelo. Por eso, algunas plantas crecen mejor en un tipo de suelo, mientras que otras crecen mejor en otro tipo de suelo.

cultivo de maíz en un suelo con mucha arcilla

cultivo de lechuga en humus

Las plantas necesitan nutrientes para crecer y permanecer sanas. Obtienen esos nutrientes del suelo. Los distintos tipos de suelo tienen diferentes nutrientes. Cada nutriente es bueno para un cierto tipo de planta.

Los suelos que tienen mucho humus son ricos en nutrientes. Casi todas las plantas crecen mejor cuando pueden absorber más nutrientes.

cultivo de algodón en limo

Destreza clave **COMPARAR Y CONTRASTAR** ¿De qué forma puede ser un tipo de suelo mejor que otro para cultivar plantas?

plantas que crecen en la arena

Pregunta esencial

¿Qué diferencias hay entre los distintos tipos de suelo?

En esta lección, aprendiste que el suelo está compuesto por pedacitos de roca y por material vegetal y animal. También aprendiste que los distintos tipos de suelo tienen propiedades diferentes.

Estándares de Ciencia en esta lección

3.c Saber que el suelo está compuesto en parte de fragmentos de rocas intemperizadas y en parte de materia orgánica. Los suelos tienen distinto color, textura, capacidad para retener agua, y habilidad para sostener el desarrollo de diversos tipos de plantas.

1. Destreza clave **COMPARAR Y CONTRASTAR** Haz una gráfica como la siguiente. Muestra las semejanzas y las diferencias que hay entre los distintos tipos de suelo. **3.c**

semejanzas —— diferencias

2. **RESUMIR** Escribe un resumen. Comienza con la oración: **El suelo está compuesto por diferentes cosas**. **3.c**

3. VOCABULARIO Describe esta ilustración; usa las palabras **suelo** y **textura**. **3.c**

4. **Razonamiento crítico** ¿Cuál es el mejor tipo de suelo para cultivar plantas? **3.c**

A el suelo rojo que tiene hierro

B el suelo polvoriento que tiene limo

C el suelo oscuro que tiene mucho humus

D el suelo claro que tiene principalmente arena

5. ¿Qué efectos tienen las lombrices en el suelo? **3.c**

La idea importante

6. ¿Cuáles son algunas propiedades del suelo? **3.c**

Redacción **ELA–W 1.1**

Escribe para describir

1. Observa dos tipos de suelo.

2. Haz un dibujo de cada tipo de suelo. Muestra y rotula las cosas que veas en el suelo.

3. Escribe varias oraciones para comparar los distintos tipos de suelo.

 Matemáticas **SDAP 1.1, 1.2**

Gráfica de barras sobre el crecimiento de las plantas

1. Siembra una planta de frijol en un suelo arenoso y otra en un suelo con humus. Cuida ambas plantas.

2. Una vez al mes, mide la altura de las plantas en centímetros.

3. Registra los datos en una tabla.

4. Haz una gráfica de barras con los datos de la tabla.

La altura de las plantas		
mes	en arena	en humus
1		
2		
3		

 Para hallar otros enlaces y actividades, visita **www.hspscience.com**

El tomate dice: "¡Pásenme la sal!"

Según los expertos, una gran cantidad de la tierra cultivable de Estados Unidos es demasiado salada. Cada año, alrededor de 101,000 kilómetros cuadrados (38,000 millas cuadradas) de esa tierra no pueden usarse porque el suelo tiene mucha sal.

La mayoría de las plantas no pueden crecer en un suelo demasiado salado. Pero los científicos han creado un nuevo tipo de tomate que sí crece bien allí. Su planta puede regarse hasta con agua salada.

Un nuevo tipo de planta

Los científicos han descubierto cómo cambiar la forma de crecer de una tomatera o planta de tomate. Este cambio le permite absorber agua salada. Almacena la sal en las hojas, donde no daña la planta ni el fruto.

Los científicos que cultivaron esos tomates tan especiales están tratando de producir otras plantas que también puedan vivir en suelo salado.

 Piensa y escribe

¿Cómo ayudaría a los granjeros el que las plantas pudieran crecer en suelo salado?

La sal de la Tierra

Los científicos afirman que es posible cambiar plantas como la del maíz, el trigo y las arvejas para que puedan crecer en suelo salado.

Estándares de Ciencia

3.d Saber que los fósiles son evidencia de plantas y animales que vivieron hace mucho tiempo. Los científicos estudian fósiles para conocer la historia de la Tierra.

Investigación y Experimentación

4.d Escribir o dibujar secuencias de pasos, eventos u observaciones.

Pregunta esencial

¿Qué aprenden los científicos de los fósiles?

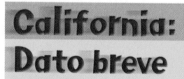

California: Dato breve

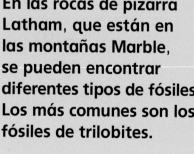

Las montañas Marble

En las rocas de pizarra Latham, que están en las montañas Marble, se pueden encontrar diferentes tipos de fósiles. Los más comunes son los fósiles de trilobites.

Un **dinosaurio** es un animal que vivió en la Tierra hace mucho tiempo. pág. 268

Un **fósil** es lo que queda de un animal o de una planta que vivió hace mucho tiempo. Un fósil puede ser una impresión en una roca. También puede ser un hueso, un diente o una concha que quedó convertida en una roca. pág. 268

Descubrir fósiles

Pregunta

¿Por qué los científicos buscan fósiles y los estudian?

Estos científicos están desenterrando fósiles. ▼

Prepárate

Sugerencia para la investigación
Cuando registras lo que descubres, puedes dar a conocer lo que aprendes.

Materiales

objetos pequeños

arcilla

instrumentos

Qué hacer

Paso

Coloca un objeto pequeño dentro de una bola de arcilla. Deja que la arcilla se endurezca.

Paso ②

Intercambia bolas de arcilla con un compañero. Usa los instrumentos para quitar la arcilla con cuidado.

Paso ③

Haz dibujos y escribe oraciones para **registrar** lo que hiciste y lo que observaste.

Sacar conclusiones

¿Por qué es útil registrar lo que descubres?

Examinación independiente

Usa objetos pequeños para hacer impresiones en arcilla. Haz dibujos y escribe oraciones para **registrar** lo que hagas y lo que observes. **4.d**

 **ORDENAR EN SECUENCIA**

Busca en la lectura la secuencia, u orden, de los sucesos que se producen durante la formación de los fósiles.

Los fósiles

Los **dinosaurios** fueron animales que vivieron en la Tierra hace mucho tiempo. Ya no hay dinosaurios en la Tierra.

Los científicos obtienen información sobre los dinosaurios y otros seres vivos gracias a sus fósiles. Un **fósil** es lo que queda de un animal o de una planta que vivió hace mucho tiempo.

helecho de hace mucho tiempo

Los fósiles se encuentran en las rocas. Un fósil puede ser una impresión, como una huella. También puede ser una concha, un diente o un hueso que quedó convertido en una roca.

helecho vivo en la actualidad

impresión fósil de un helecho en una roca

Los científicos observan los fósiles. Estudian las semejanzas y las diferencias que hay entre ellos y las plantas y los animales de hoy. Así aprenden sobre las plantas y los animales que vivieron hace mucho tiempo.

▲ puma de California

Los fósiles muestran el tamaño que tenían las plantas y los animales. Pueden dar una idea sobre la forma como los animales se movían. Algunos fósiles también muestran qué comían esos animales.

Destreza clave **ORDENAR EN SECUENCIA** ¿Qué les sucedió a algunas plantas y animales de hace mucho tiempo después de que murieron?

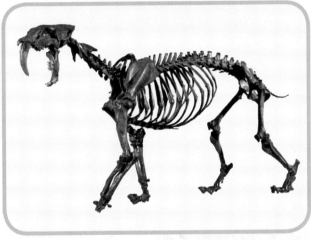

▲ fósil de tigre dientes de sable

tigre dientes de sable de hace mucho tiempo ▶

Cómo se forman los fósiles

Los fósiles se forman cuando las plantas y los animales quedan enterrados debajo del barro, la arcilla o la arena. Las partes blandas de la planta o del animal se pudren. Las partes duras se convierten en roca. Los fósiles pueden ser encontrados muchísimos años después.

Míralo en detalle

La formación de un fósil de trilobites

Primero, un trilobites murió. El barro y la arena lo cubrieron.

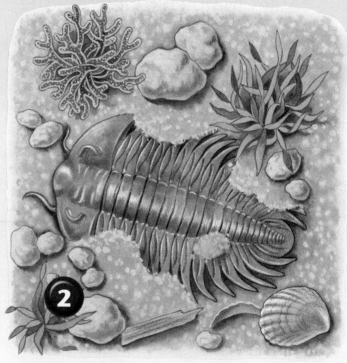

Después, las partes blandas del trilobites se pudrieron. Su capa protectora y otras partes duras quedaron en el lugar.

Un trilobites fue un animal que vivió en el mar hace mucho tiempo. Una capa protectora cubría su cuerpo. Las ilustraciones muestran cómo se formó su fósil.

⭐ Destreza clave ORDENAR EN SECUENCIA ¿Qué sucedió después de que el barro y la arena cubrieron el trilobites?

Minilab

Haz una impresión en la arcilla

Aplana cuatro pedazos de arcilla. Presiona un objeto diferente contra cada pedazo. Retira los objetos. Intercambia impresiones con un compañero. ¿Qué objeto muestra cada una de sus impresiones fósiles?

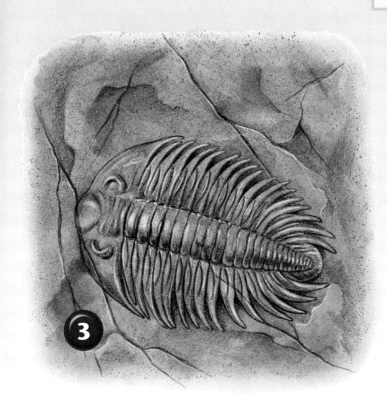

Luego, el barro, la arena y las partes duras del trilobites lentamente se convirtieron en roca.

Por último, después de muchísimos años, el viento y el agua desgastaron la roca que cubría el fósil y las personas lo encontraron.

Para hallar otros enlaces y animaciones, visita **www.hspscience.com**

271

Lo que aprendemos de los fósiles

Los científicos pueden aprender mucho sobre la historia de la Tierra al estudiar los fósiles y las rocas en el lugar donde los encontraron.

pterodáctilo ▶

estegosaurio

fósil de pterodáctilo

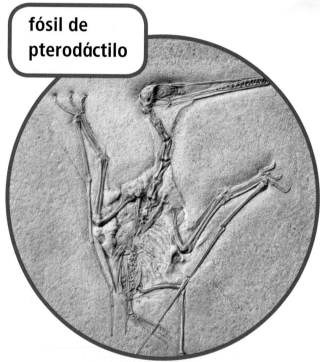

▼ fósil de estegosaurio

El eogyrinus vivía en tierra firme, pero necesitaba tener agua cerca. El fósil de eogyrinus que muestra la ilustración fue encontrado en lo alto de las montañas. Esto indica a los científicos que donde hoy hay montañas alguna vez hubo terrenos más bajos ubicados cerca del agua.

Destreza clave **ORDENAR EN SECUENCIA** ¿Qué pueden descubrir los científicos sobre la historia de la Tierra a través de los fósiles?

eogyrinus

◀ huella de eogyrinus

Pregunta esencial

¿Qué aprenden los científicos de los fósiles?

En esta lección, aprendiste que los científicos estudian los fósiles para conocer las plantas y los animales que vivieron hace mucho tiempo.

Estándares de Ciencia en esta lección

3.d Saber que los fósiles son evidencia de plantas y animales que vivieron hace mucho tiempo. Los científicos estudian fósiles para conocer la historia de la Tierra.

1. **Destreza clave** **ORDENAR EN SECUENCIA** Haz una gráfica como la siguiente. Muestra cómo se forman algunos fósiles. **3.d**

2. **RESUMIR** Escribe un resumen de la lección sobre los fósiles. **3.d**

3. **VOCABULARIO** Describe esta ilustración; usa la palabra **fósil**. **3.d**

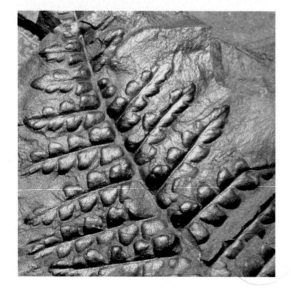

4. **Investigación** ¿Por qué es importante para los científicos registrar lo que hacen y lo que observan? **4.d**

5. ¿Cuál de estos animales vive en la actualidad? **3.d**

A el puma

B el pterodáctilo

C el tigre dientes de sable

D el estegosaurio

La idea importante

6. ¿Por qué es útil estudiar los fósiles? **3.d**

Redacción  **ELA–W 1.1**

Escribe para describir

1. Observa algunos fósiles. Compáralos con animales y plantas que viven en la actualidad.

2. Dibuja un fósil. Luego, dibuja un animal o una planta que sea semejante a ese fósil y que viva en la actualidad.

3. Describe las semejanzas y las diferencias que haya entre ellos.

elefante   fósil de mamut

---

123 **Matemáticas** **MG 1.3**

Tamaño de los dientes de tiburón

1. Mira los datos de la tabla.

2. Usa una regla en centímetros para comparar las longitudes de los dientes de cada tiburón.

3. Luego, haz una lista de los tiburones ordenándolos desde el que tiene los dientes más pequeños hasta el que tiene los dientes más grandes.

4. Compara los resultados.

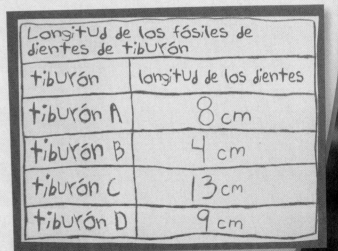

Longitud de los fósiles de dientes de tiburón	
tiburón	longitud de los dientes
tiburón A	8 cm
tiburón B	4 cm
tiburón C	13 cm
tiburón D	9 cm

 Para hallar otros enlaces y actividades, visita **www.hspscience.com**

RANCHO LA BREA

En el museo del Rancho La Brea (La Brea Tar Pits), construido alrededor de pozos de alquitrán, se pueden ver los huesos de muchos animales. Algunos pertenecen a animales de hoy. Otros son fósiles de huesos de animales que vivieron hace tiempo. Muchos son de tigres dientes de sable. También los hay de mamuts y de aves.

Hace mucho tiempo, los animales bebían agua de los charcos que se formaban sobre el alquitrán. Cuando hacía calor, el alquitrán se volvía pegajoso. Al acercarse al agua, los animales se hundían en él. Algunos lograban salir, pero muchos no. De allí se han extraído más de un millón de huesos que revelan muchas cosas sobre los animales del pasado.

Los Angeles

pozos de alquitrán

276

◀ Los visitantes pueden ver cómo los paleontólogos limpian y reparan los fósiles de huesos que encuentran en los pozos de alquitrán.

 Piensa y escribe

¿Cómo nos ayudan los pozos de alquitrán del Rancho La Brea a aprender sobre los animales de hace mucho tiempo? **3.d**

esqueleto de un mamut

Estándares de Ciencia

3.e Saber que las rocas, el agua, las plantas, y el suelo proporcionan al ser humano recursos como alimentos, combustibles, y materiales de construcción.

Investigación y Experimentación

4.e Construir gráficas de barras usando ejes debidamente identificados.

California: Dato breve

El lago Tahoe

El lago Tahoe tiene el doble de agua que todos los demás lagos y embalses de California juntos.

LECCIÓN

5

Pregunta esencial

¿Qué son los recursos naturales?

Un **recurso natural** es algo que se encuentra en la naturaleza y que las personas pueden usar para satisfacer sus necesidades. pág. 282

Cómo usamos el agua

Pregunta

¿Por qué piensas que los granjeros riegan sus cultivos con rociadores?

Prepárate

Sugerencia para la investigación
Cuando registras los datos, te es más fácil recordar lo que observas.

Materiales

papel y lápiz

Qué hacer

Paso ① ────────────────

Escribe en una lista la forma como tú y tus compañeros usan el agua durante un día.

Paso ② ────────────────

Registra los datos en una tabla como esta. Haz una marca cada vez que alguien use el agua.

Cómo usa el agua nuestra clase durante un día	
Uso	Conteo
lavarse las manos	

Paso ③

Cuenta las marcas al final del día.

Examinación independiente

Haz otra tabla. **Registra** con qué frecuencia tu clase usa cosas hechas con materiales provenientes de las plantas. Luego, haz una gráfica de barras que muestre los datos de tu tabla. Rotula las partes de la gráfica de barras. **4.e**

Sacar conclusiones

¿Para qué usó el agua tu clase la mayoría de las veces? **3.e**

VOCABULARIO
recurso natural

Destreza clave IDEA PRINCIPAL Y DETALLES

Busca en la lectura algunos detalles sobre la forma como las personas usan los recursos naturales.

El agua

Un **recurso natural** es algo que se encuentra en la naturaleza y que las personas pueden usar. Los recursos naturales ayudan a las personas a satisfacer sus necesidades.

El agua es un recurso natural. Las personas beben agua. La usan para bañarse, cocinar y limpiar. También la usan para cultivar plantas y criar animales. Además, disfrutan de muchas actividades en el agua.

presa Norris

Las personas viajan por el agua en barco. También transportan cosas en barco.

Además, usan el agua en movimiento para obtener electricidad.

 **IDEA PRINCIPAL Y DETALLES** ¿Cómo usan el agua las personas?

283

mina de cobre

mena de cobre

Las rocas y el suelo

Las rocas y el suelo son dos recursos naturales importantes. Las personas usan las rocas para construir casas, muros y caminos.

Las personas obtienen metales, como el cobre, de menas, las cuales contienen minerales. Las menas se encuentran en las rocas del suelo. Las personas extraen una mena y luego separan de ella el metal. El metal se usa para fabricar cosas como ollas, bicicletas y carros. También se usa en construcción.

▲ techo de cobre

▲ rocas usadas en construcción

284

Las personas usan el suelo para cultivar plantas. El suelo sostiene las plantas en su lugar. También tiene los nutrientes y el agua que ellas necesitan para crecer.

La arcilla está formada por pedazos diminutos de roca. Las personas la usan para construir cosas. Primero, le dan forma de ladrillo o bloque. Luego, dejan que los bloques se sequen. Cuando están duros, los usan para construir edificios y hacer otras cosas.

Destreza clave IDEA PRINCIPAL Y DETALLES ¿Cómo usan las rocas y el suelo las personas?

▼ fresas

muro de ladrillos

Las plantas y los animales

Las plantas son otro recurso natural importante. Las personas hacen telas con partes del algodón y de otras plantas. Además, construyen casas, fabrican muebles y producen papel con la madera de los árboles.

Las personas usan las plantas como combustible. Queman ramas o leños de árboles.

Las personas también usan las plantas como alimento. Comen algunas partes de las plantas y usan otras para elaborar alimentos como el pan. Algunas bebidas, como el té, se hacen con plantas.

▲ cápsula y borra de algodón en la planta

Algunas personas usan los animales para satisfacer sus necesidades de alimento y ropa. Comen la carne de algunos animales. Beben la leche que dan las vacas o las cabras. También usan la leche para elaborar alimentos como el queso. Comen los huevos de las gallinas y hacen ropa de abrigo con la lana de las ovejas. Además usan el cuero de algunos animales para hacer zapatos y otras cosas.

Destreza clave **IDEA PRINCIPAL Y DETALLES** ¿Cómo usan las plantas y los animales las personas?

Minilab

Lista de recursos naturales

Haz una lista de las cosas de tu salón de clases que están hechas con recursos naturales. Comenta la lista con un compañero. ¿Qué recursos naturales se usaron para hacer cada cosa?

Pregunta esencial

¿Qué son los recursos naturales?

En esta lección, aprendiste que las personas usan recursos que provienen de las rocas, el agua, las plantas y el suelo. Estos recursos les sirven de alimento, como combustible y como material de construcción.

Estándares de Ciencia en esta lección

3.e Saber que las rocas, el agua, las plantas, y el suelo proporcionan al ser humano recursos como alimentos, combustibles, y materiales de construcción.

1. **IDEA PRINCIPAL Y DETALLES** Haz una gráfica como la siguiente. Escribe algunos detalles sobre esta idea principal: **Usamos recursos naturales**. **3.e**

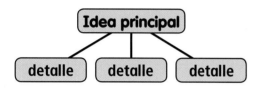

2. **SACAR CONCLUSIONES** ¿Por qué las rocas pueden ser un mejor material de construcción que la madera? **3.e**

3. **VOCABULARIO** Describe esta ilustración; usa las palabras **recurso natural**. **3.e**

4. **Razonamiento crítico** ¿Por qué es importante proteger los recursos naturales? **3.e**

5. ¿Qué recurso natural se usa como combustible? **3.e**

   A las plantas

   B las rocas

   C el suelo

   D el agua

La idea importante

6. ¿Cómo usamos los recursos naturales?

Redacción **ELA–W 1.1**

Escribe para describir

1. Dibuja y rotula una planta u otro recurso natural de California.

2. Escribe algunos datos sobre ese recurso natural. Describe cómo lo usan las personas.

3. Comenta los datos con tus compañeros.

 Matemáticas **SDAP 1.1, 1.2**

Gráfica de barras sobre los recursos naturales

1. Haz una lista de los objetos del salón que están hechos con materiales provenientes de las plantas.

2. En una tabla de conteo, registra cuántas veces usas cada uno de esos objetos.

3. Haz una gráfica de barras con los datos de la tabla de conteo. Rotula las partes de la gráfica.

4. Comenta los resultados.

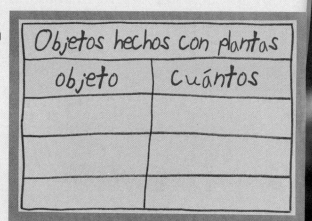

 Para hallar otros enlaces y actividades, visita **www.hspscience.com**

Conclusión

⯈Resumen visual

Describe cómo cada ilustración ayuda a explicar la **idea importante**.

La idea importante

La Tierra está hecha de diferentes materiales. Las personas usan esos materiales.

3.a

Las rocas contienen diferentes minerales. Cada mineral tiene diferentes propiedades. El color, la textura, el tamaño y el brillo, o lustre, son algunas propiedades de los minerales.

3.b, 3.c

El viento, el agua y las plantas intemperizan las rocas. El intemperismo desgasta las rocas para formar el suelo. El color y la textura son propiedades del suelo.

3.d

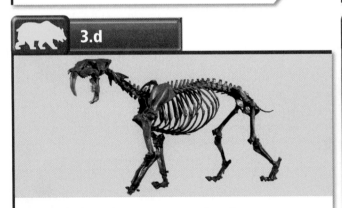

Un fósil es lo que queda de una planta o de un animal que vivió hace mucho tiempo. Los científicos estudian los fósiles.

3.e

Los recursos naturales son cosas que se encuentran en la naturaleza y que las personas usan, como el agua, el suelo, los animales y las plantas.

Muestra lo que sabes

Escribe sobre los fósiles

Elige un animal que haya vivido hace mucho tiempo. Investiga dónde pueden encontrarse fósiles de ese animal. ¿Qué han aprendido los científicos al estudiarlo? ¿Se parece a algún animal de hoy día? Escribe varias oraciones sobre lo que descubras. Haz algunos dibujos para ilustrar lo que escribiste. Muestra tus oraciones y tus dibujos al resto de la clase.

Proyecto de la unidad

Colección de rocas y minerales

Da un paseo para juntar rocas y minerales. Reúne la mayor cantidad que puedas. Luego, ve a una biblioteca o a un centro de multimedia para buscar información sobre tu colección. Escribe dos oraciones sobre cada roca o mineral. Muestra tu colección y lo que escribiste al resto de la clase.

Repaso

**Estándares
de Ciencia de
California en el** ▮

Repaso del vocabulario

Usa los términos para completar las oraciones. Los números
de página te indican dónde buscar ayuda si la necesitas.

mineral pág. 229   **suelo** pág. 254

propiedad pág. 230   **fósil** pág. 268

intemperismo pág. 242   **recurso natural** pág. 282

1. El _____ es el material compuesto por
    pedacitos de roca mezclados con partes de
    plantas muertas.   **3.c**

2. Lo que queda de una planta o de un animal
    que vivió hace mucho tiempo es un _____.   **3.d**

3. El _____ es la ruptura de las rocas en pedazos
    pequeños causada por el viento y el agua.   **3.b**

4. Algo que se encuentra en la naturaleza y que
    las personas pueden usar para satisfacer sus
    necesidades es un _____.   **3.e**

5. Una característica, o rasgo, de algo es
    una _____.   **3.a**

6. Un material sólido que se encuentra en la
    naturaleza y que nunca estuvo vivo es
    un _____.   **3.a**

Comprueba lo que aprendiste

7. ¿Cómo se llama el material de color café oscuro que se encuentra en el suelo y que alguna vez estuvo vivo?

    A arcilla

    B humus

    C arena

    D limo

8. ¿Cómo muestra los efectos del intemperismo esta roca? `3.b`

Razonamiento crítico

9. ¿Qué recursos naturales necesitas para cultivar una planta? `3.e`

La idea
importante

10. ¿Cuáles son dos o tres propiedades que puedes usar para comparar minerales? `3.a`

Referencias

Contenido

Tus sentidos

Tienes cinco sentidos que te ayudan a saber cómo es el mundo. Tus cinco sentidos son: la vista, el oído, el olfato, el gusto y el tacto.

Tus ojos

Si miras tus ojos en el espejo, verás una parte blanca, una parte de color llamada iris y un círculo oscuro en el centro. Ese círculo es la pupila.

El cuidado de tus ojos

• Visita al doctor para que te revise los ojos y compruebe si están sanos.

• Nunca mires directamente el Sol ni luces muy brillantes.

• Usa anteojos de sol cuando estés al aire libre, si el día está soleado, o si estás en la nieve o en el agua.

• No te toques ni te frotes los ojos.

• Protege tus ojos cuando practiques deportes.

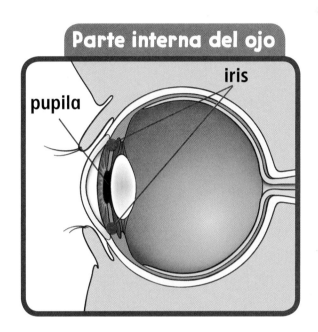

Parte interna del ojo

iris
pupila

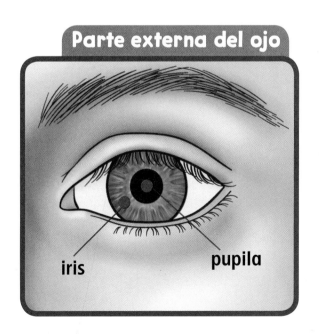

Parte externa del ojo

iris
pupila

Tus oídos

Tus oídos te permiten oír los sonidos a tu alrededor. Solo puedes ver la parte externa del oído, que son tus orejas. La parte interna es la que te permite oír.

El cuidado de tus oídos

- Visita al doctor para que te revise los oídos.

- Evita los ruidos muy fuertes.

- Nunca metas objetos en tus oídos.

- Protege tus oídos cuando practiques deportes.

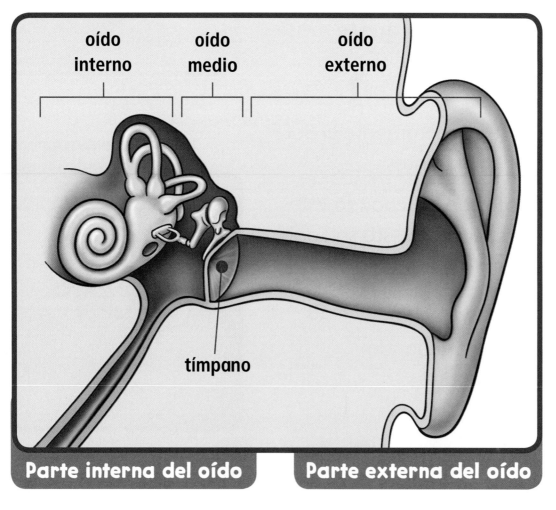

oído interno

oído medio

oído externo

tímpano

Parte interna del oído   **Parte externa del oído**

Los sentidos del olfato y del gusto

Tu nariz limpia el aire que respiras y te permite oler las cosas. Tu nariz y tu lengua te ayudan a percibir los sabores de lo que comes y bebes.

Tu piel

Tu piel protege tu cuerpo de los gérmenes. En tu piel está el sentido del tacto.

El cuidado de tu piel

- Lávate siempre las manos después de toser, sonarte la nariz, tocar un animal, jugar afuera o ir al baño.

- Protege tu piel de las quemaduras de sol. Ponte un sombrero y ropa que te cubra cuando estés al aire libre.

- Usa filtro solar para proteger tu piel del sol.

- Ponte casco y protectores cuando practiques deportes, y montes en bicicleta o patines.

Tu sistema óseo

Dentro de tu cuerpo hay muchos huesos fuertes y duros que forman tu sistema óseo. Los huesos protegen las partes internas de tu cuerpo.

Tu sistema óseo funciona en conjunto con tu sistema muscular para sostener tu cuerpo y darle forma.

El cuidado de tu sistema óseo

• Ponte siempre un casco y equipo de protección cuando patines, montes en bicicleta o en monopatín, o practiques deportes.

• Come alimentos que te ayuden a tener huesos fuertes y duros.

• Haz ejercicio para mantener tus huesos fuertes y sanos.

• Descansa para ayudar a tus huesos a crecer.

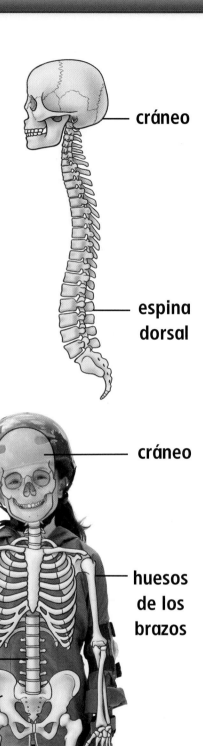

cráneo

espina dorsal

cráneo

huesos de los brazos

espina dorsal (columna vertebral)

huesos de la cadera

huesos de las piernas

Tu sistema muscular

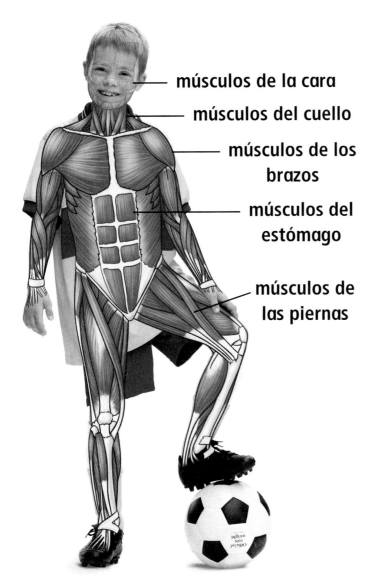

músculos de la cara

músculos del cuello

músculos de los brazos

músculos del estómago

músculos de las piernas

Tu sistema muscular está formado por los músculos de tu cuerpo. Los músculos son partes del cuerpo que te ayudan a moverte.

El cuidado de tu sistema muscular

- Haz ejercicio para mantener tus músculos fuertes.

- Come alimentos que ayuden a tus músculos a crecer.

- Bebe mucha agua cuando practiques deportes o hagas ejercicio.

- Permite que tus músculos descansen después de hacer ejercicio o practicar deportes.

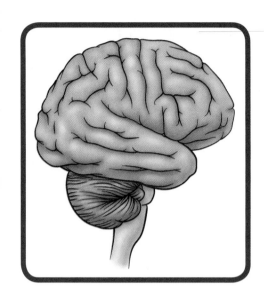

Tu cerebro y tus nervios son partes de tu sistema nervioso. Tu cerebro hace funcionar tu cuerpo. Te da información sobre el mundo que te rodea. También te permite pensar, recordar y tener sentimientos.

El cuidado de tu sistema nervioso

- Duerme lo suficiente. Cuando duermes, permites que tu cerebro descanse.

- Ponte siempre un casco para proteger tu cabeza y tu cerebro cuando montes en bicicleta o practiques deportes.

Tu sistema digestivo

Tu sistema digestivo ayuda a tu cuerpo a obtener la energía de los alimentos que comes. Tu cuerpo necesita energía para funcionar bien.

Para digerir los alimentos, tu cuerpo tiene que descomponerlos. Tu sistema digestivo toma lo que tu cuerpo necesita y elimina lo que no necesita.

El cuidado de tu sistema digestivo

- Cepíllate los dientes y usa hilo dental todos los días.

- Lávate las manos antes de comer.

- Come despacio y mastica bien los alimentos antes de tragarlos.

- Come verduras y frutas. Estas ayudan a que otros alimentos se muevan por tu sistema digestivo.

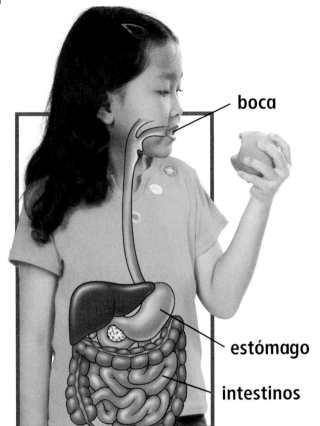

boca

estómago

intestinos

Tu sistema respiratorio te permite respirar. Tu boca, tu nariz y tus pulmones forman parte de tu sistema respiratorio.

El cuidado de tu sistema respiratorio

• Nunca te metas objetos en la nariz.

• Nunca fumes.

• Haz suficiente ejercicio. Cuando haces ejercicio, respiras más profundamente, lo cual ayuda a fortalecer tus pulmones.

nariz

boca

pulmones

Tu sistema circulatorio

Tu sistema circulatorio está formado por tu corazón y tus vasos sanguíneos. La sangre transporta la energía obtenida de los alimentos y el oxígeno que tu cuerpo necesita para funcionar. Los vasos sanguíneos son pequeños conductos que llevan la sangre desde tu corazón hasta cada parte de tu cuerpo.

El corazón es un músculo que late todo el tiempo. Al latir, bombea sangre a través de los vasos sanguíneos.

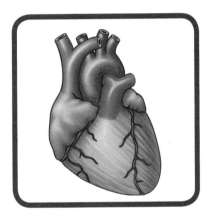

El cuidado de tu sistema circulatorio

• Haz ejercicio todos los días para mantener tu corazón fuerte.

• Come carnes y verduras de hoja. Estas ayudan a la sangre a transportar el oxígeno.

• Nunca toques la sangre de otra persona.

Cómo mantenerse sano

Hay muchas cosas que puedes hacer para mantenerte sano y en buena condición física.

También hay cosas que debes evitar porque pueden hacerte daño.

Si sabes qué hacer para protegerte y mantenerte sano, y lo pones en práctica, tendrás buena salud.

Descansar lo suficiente

Rechazar el alcohol, el tabaco y otras drogas

Mantenerte activo

Mantenerte limpio

JABON

Alimentarte bien

Cómo mantenerse limpio

Mantenerte limpio te ayuda a mantenerte sano. Las cosas que tocas pueden tener gérmenes. Al bañarte con agua y jabón puedes eliminar esos gérmenes que quedan en tu piel.

Lavarte las manos debe tomarte el mismo tiempo que te toma recitar el alfabeto. Lávate siempre las manos:

- Antes y después de comer.

- Después de toser o sonarte la nariz.

- Después de ir al baño.

- Después de tocar un animal.

- Después de jugar afuera.

Cepillarse los dientes y las encías es bueno para mantenerlos limpios y sanos. Debes cepillarte los dientes por lo menos dos veces al día. Cepíllatelos en la mañana y en la noche antes de acostarte. Si puedes, también cepíllatelos después de comer.

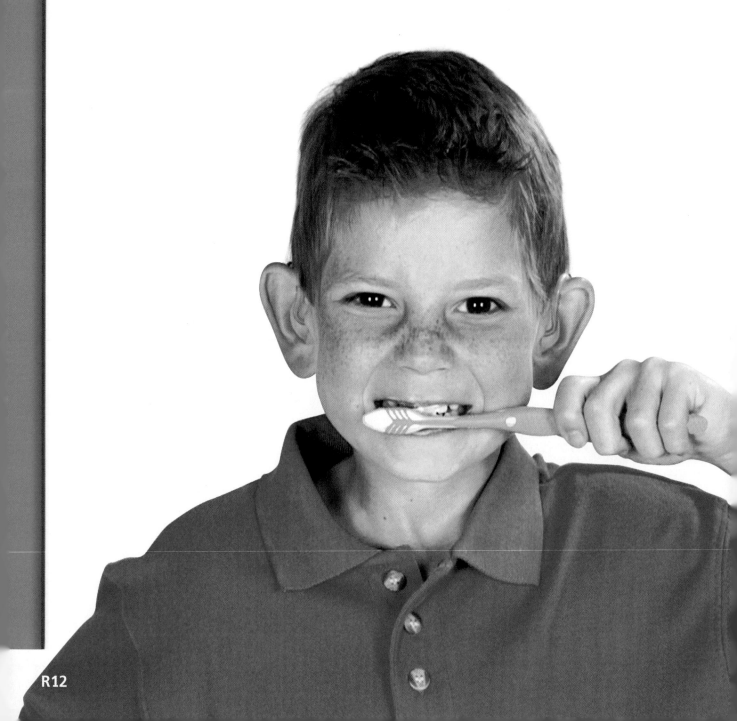

El cepillado de dientes

Elige un cepillo de cerdas suaves y del tamaño correcto para ti. Usa siempre tu propio cepillo. Usa poca pasta dental, una cantidad del tamaño de una arveja es suficiente. Enjuágate la boca después de cepillarte los dientes.

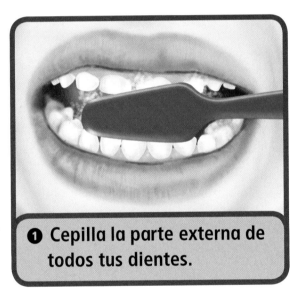

❶ Cepilla la parte externa de todos tus dientes.

❷ Cepilla la parte interna de todos tus dientes.

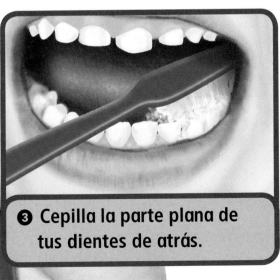

❸ Cepilla la parte plana de tus dientes de atrás.

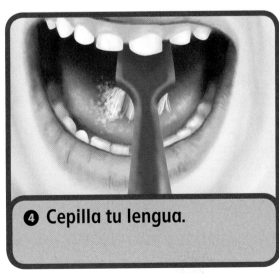

❹ Cepilla tu lengua.

Identificar la idea principal y los detalles

Aprender a encontrar la idea principal puede ayudarte a comprender lo que lees. La idea principal es el tema más importante de un párrafo. Los detalles te dan más información. Lee el siguiente párrafo.

> Las serpientes tragan el alimento entero. No pueden masticarlo. Su boca es flexible. Pueden abrirla mucho. También pueden mover la mandíbula de un lado al otro. Su piel puede estirarse para ayudarlas a abrir mucho la boca. Como puede abrir tanto la boca, una serpiente puede tragarse un animal más grande que ella.

Este diagrama muestra la idea principal y los detalles.

Detalle	**Detalle**
Las serpientes no pueden masticar.	La boca de las serpientes es flexible.

Idea principal Las serpientes deben tragar el alimento entero.

Detalle	**Detalle**
La piel de las serpientes puede estirarse para ayudarlas a abrir mucho la boca.	Las serpientes pueden abrir mucho la boca.

Comparar y contrastar

Destreza clave

Aprender a comparar y contrastar puede ayudarte a comprender lo que lees. Comparar es encontrar las semejanzas entre las cosas. Contrastar es encontrar las diferencias. Lee el siguiente párrafo.

> El desierto y el bosque son medios ambientes de los seres vivos. En ellos hay muchos tipos de plantas y animales. El desierto es un lugar seco durante la mayor parte del año. El bosque recibe más lluvia. En el desierto hay plantas como los cactos. Los robles y los arces son árboles que crecen en el bosque.

Esta gráfica muestra cómo comparar y contrastar.

Comparar

semejanzas
Ambos son medios ambientes. Hay muchos tipos de plantas y animales en cada medio ambiente.

Contrastar

diferencias
Los desiertos son secos. Los bosques reciben más lluvia. En el desierto hay plantas como los cactos. Los robles y los arces son árboles que crecen en el bosque.

Causa y efecto

Aprender a encontrar la causa y el efecto puede ayudarte a comprender lo que lees. Una causa es la razón por la cual algo sucede. Un efecto es lo que sucede. En algunos párrafos hay más de una causa o un efecto. Lee el siguiente párrafo.

> Hace muchos años, las personas usaban un veneno llamado DDT para eliminar las plagas. Las aves pequeñas comen insectos. Algunas aves grandes comen aves pequeñas. Cuando las aves pequeñas comían insectos rociados con DDT, el DDT entraba en su cuerpo. A su vez, cuando las aves grandes comían aves pequeñas, el DDT también entraba en su cuerpo. El DDT hacía que las aves pusieran huevos que se rompían fácilmente.

Esta gráfica muestra la causa y los efectos.

Causa

Las aves pequeñas comían insectos rociados con DDT.

Efectos

Cuando las aves grandes comían aves pequeñas, el DDT entraba en su cuerpo. El DDT hacía que las aves pusieran huevos que se rompían fácilmente.

Ordenar en secuencia

Destreza clave

Aprender a encontrar la secuencia puede ayudarte a comprender lo que lees. Una secuencia es el orden en que suceden las cosas. Algunos párrafos tienen palabras que te ayudan a entender ese orden. Lee el siguiente párrafo. Mira las palabras subrayadas.

> Ricky y su abuelo prepararon un postre especial. <u>Primero</u>, su abuelo peló algunas manzanas y las cortó en pedazos. <u>Después</u>, Ricky puso los pedazos de manzana y algunas pasitas en un tazón. <u>Luego</u>, su abuelo puso el tazón en el horno de microondas durante diez minutos. <u>Por último</u>, cuando el tazón se enfrió, Ricky y su abuelo se comieron el postre.

Esta gráfica muestra la secuencia.

1. <u>Primero</u>, su abuelo peló algunas manzanas y las cortó en pedazos.

2. <u>Después</u>, Ricky puso los pedazos de manzana y algunas pasitas en un tazón.

3. <u>Luego</u>, su abuelo puso el tazón en el horno de microondas durante diez minutos.

4. <u>Por último</u>, Ricky y su abuelo se comieron el postre.

Sacar conclusiones

Cuando sacas conclusiones, explicas lo que has aprendido. Lo que aprendiste también incluye tus propias ideas. Lee el siguiente párrafo.

> La cubierta de muchos animales puede ayudarlos a esconderse. Las alas de algunas polillas tienen un diseño que se parece a la corteza de un árbol. Es difícil ver la polilla cuando está posada en un árbol. El pelaje blanco de un oso polar hace que sea difícil verlo en la nieve. Cuando un animal es difícil de distinguir puede protegerse o cazar otros animales más fácilmente.

Esta gráfica muestra cómo sacar conclusiones.

Lo que leí
La cubierta de una polilla y de un oso polar puede ayudarlos a esconderse.

Lo que sé
Vi un insecto que parecía una hoja. Era muy difícil verlo cuando estaba posado en la rama de un árbol.

Conclusión
Algunos animales que viven cerca de mi casa tienen una cubierta que los ayuda a esconderse.

 Resumir

Cuando resumes, das la idea principal y los detalles que recuerdas de lo que leíste. Lee el siguiente párrafo.

> Las hojas de los árboles crecen en el verano. Producen alimento para ayudar al árbol a crecer. Absorben energía del sol. También obtienen agua de la tierra y gases del aire. Las hojas usan todo esto para producir alimento para el árbol.

Esta gráfica muestra cómo resumir.

Recordar detalles Las hojas crecen en el verano.	**Recordar detalles** Las hojas absorben la luz solar.	**Recordar detalles** Las hojas obtienen agua de la tierra y gases del aire.

Resumen Las hojas usan luz solar, agua y gases para producir alimento para el árbol.

Usar tablas, diagramas y gráficas

Recopilar datos

Cuando investigas en Ciencias, necesitas recopilar datos.

Imagina que quieres averiguar qué tipo de cosas hay en la tierra. Puedes clasificar y agrupar las cosas que encuentres.

Lo que encontré en la tierra

Partes de plantas   Rocas pequeñas   Partes de animales

Si observas los círculos, verás las diferentes cosas que hay en la tierra. Sin embargo, puedes presentar los datos de otra forma. Por ejemplo, puedes usar una tabla de conteo.

Leer una tabla de conteo

Puedes mostrar los datos en una tabla de conteo.

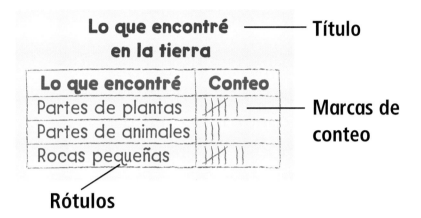

Lo que encontré en la tierra — Título

Lo que encontré	Conteo
Partes de plantas	Ж|
Partes de animales	|||
Rocas pequeñas	Ж||

Marcas de conteo

Rótulos

Cómo leer una tabla de conteo

1. **Lee** la tabla de conteo. Usa los rótulos.

2. **Estudia** los datos.

3. **Cuenta** las marcas de conteo.

4. **Saca conclusiones**. Hazte preguntas como las de esta página.

Practica la destreza

1. ¿Cuántas partes de plantas había en la tierra?

2. ¿Cuántas más rocas pequeñas que partes de animales había en la tierra?

3. ¿Cuántas partes de plantas y partes de animales había?

Usar tablas, diagramas y gráficas

Leer una gráfica de barras

Las personas adoptan muchos tipos de animales como mascotas. Esta gráfica de barras muestra los grupos de animales a los que pertenecen la mayoría de las mascotas. Una gráfica de barras sirve para comparar datos.

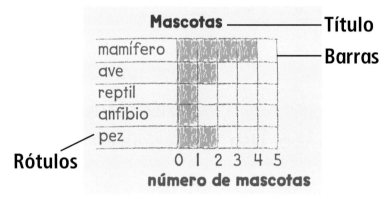

Título — Mascotas
Barras
Rótulos
número de mascotas

Cómo leer una gráfica de barras

1. **Mira** el título para saber qué tipo de información se muestra.

2. **Lee** la gráfica. Usa los rótulos.

3. **Estudia** los datos. Compara las barras.

4. **Saca conclusiones**. Hazte preguntas como las de esta página.

Practica la destreza

1. ¿Cuántas mascotas son mamíferos?

2. ¿Cuántas mascotas son aves?

3. ¿Cuántos más mamíferos que peces hay entre las mascotas?

Leer una gráfica de dibujos

Algunos estudiantes de segundo grado dijeron cuál era su estación favorita. Hicieron una gráfica de dibujos para mostrar los resultados. En una gráfica de dibujos se usan dibujos para mostrar la información.

Nuestra estación favorita —————— Título

Dibujos

Rótulos

Clave: Cada ☺ representa a 1 niño.

Clave

Cómo leer una gráfica de dibujos

1. **Mira** el título para saber qué tipo de información se muestra.

2. **Lee** la gráfica. Usa los rótulos.

3. **Estudia** los datos. Compara el número de dibujos de cada hilera.

4. **Saca conclusiones**. Hazte preguntas como las de esta página.

Practica la destreza

1. ¿Cuál fue la estación que eligieron más niños?

2. ¿Cuál fue la estación que eligieron menos niños?

3. ¿Cuántos niños en total eligieron el verano o el invierno?

Medidas

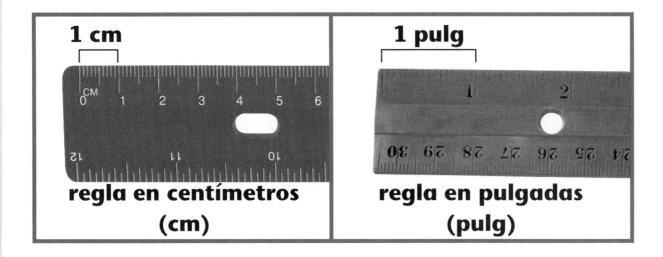

1 cm

regla en centímetros
(cm)

1 pulg

regla en pulgadas
(pulg)

Un **centímetro** es más o menos del ancho de tu dedo índice.

Una **pulgada** es más o menos del largo de un clip.

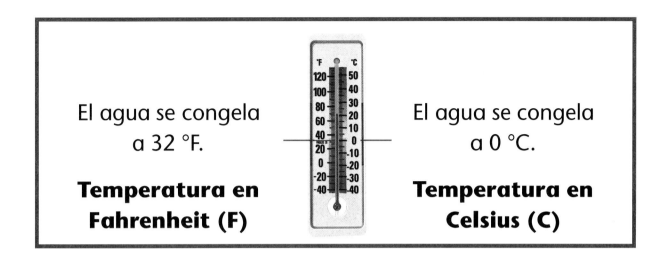

El agua se congela a 32 °F.

Temperatura en Fahrenheit (F)

El agua se congela a 0 °C.

Temperatura en Celsius (C)

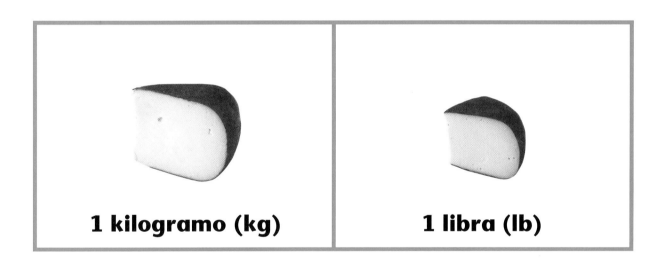

1 kilogramo (kg)

1 libra (lb)

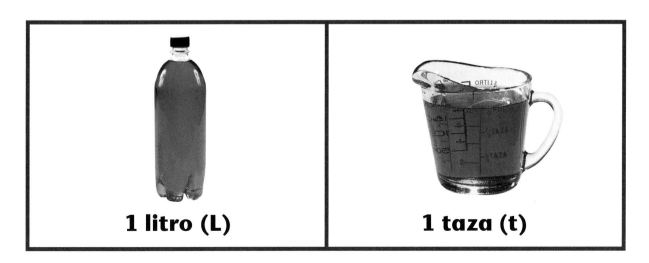

1 litro (L)

1 taza (t)

La seguridad en las Ciencias

Estas son algunas reglas de seguridad que debes obedecer al hacer las actividades.

1. **Prepárate.** Estudia los pasos y síguelos.

2. **Sé limpio y ordenado.** Limpia rápido cuando se te derrame algo.

3. **Protege tus ojos.** Ponte gafas protectoras cuando tu maestro te lo pida.

4. **Ten cuidado con los objetos filosos.**

5. **No comas ni bebas nada.**

Visita el Glosario multimedia de Ciencias para ver ilustraciones de estas palabras y escuchar su pronunciación.
www.hspscience.com

Estándares de Ciencia de California
Glosario

Este glosario incluye definiciones de todos los términos. A veces verás un número de página después de la definición. El número de página muestra en qué parte de tu libro se encuentra el término. Muchos de los términos están resaltados en amarillo. Los términos resaltados en amarillo también se definen en las lecciones. Todos los términos están acompañados de ilustraciones que te ayudarán a entenderlos.

adulto

Una persona o un animal totalmente desarrollado. (152)

aspecto

La apariencia que algo tiene a la vista. (169)

agua

El líquido que cae como lluvia y forma los océanos, los ríos y los lagos. (244)

atraer

Jalar. El polo norte y el polo sur de dos imanes se atraen. (120)

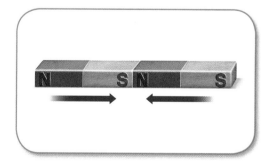

aumentar

Hacer que algo se vea más grande de lo que es. (16)

balanza

Un instrumento científico que se usa para medir la masa de un objeto. (20)

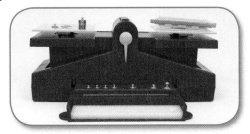

báscula

Un instrumento científico que se usa para medir el peso, o la fuerza con que la gravedad de la Tierra jala un objeto. (20)

caja con lente

Un instrumento científico que hace que los objetos pequeños que se colocan dentro se vean más grandes. (17)

característica

Una cualidad, o rasgo, de un animal o una planta, como su color, su tamaño o su forma. (196)

centímetro

Una unidad métrica que se usa para medir la longitud de algo. (60)

ciclo de vida

Todas las etapas, o fases, de la vida de un animal o de una planta. (152)

cinta métrica

Un instrumento científico que se usa para medir la longitud, la altura o el ancho de un objeto. También se usa para medir el contorno de un objeto. (18)

clasificar

Poner en grupos según los rasgos. (6)

clave

La parte de una gráfica de dibujos, o pictografía, que describe cuántos objetos representa cada dibujo. (30)

comparar

Describir las semejanzas y las diferencias que hay entre las cosas. (6)

comportamiento

La forma en que un ser vivo actúa.

comunicar

Dar a conocer lo que sabes describiéndolo o mostrándolo. (9)

congelar

Cambiar de líquido, como el agua, a sólido, como el hielo. (244)

corteza

La capa externa de la Tierra, que incluye el suelo del océano y la tierra firme.

crisálida

La etapa del ciclo de vida de una mariposa en que la oruga se convierte en una mariposa adulta. (157)

cuña

Un objeto que tiene un extremo grueso y el otro delgado. Una cuña puede partir algunas cosas por la mitad.

 D

datos

La información que se usa en Ciencias. (28)

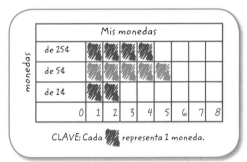

descomponer

Desintegrarse. Con el tiempo, la materia de las plantas y los animales muertos se descompone.

descongelar

Cambiar de un estado congelado a uno descongelado. (244)

describir

Dar a conocer lo que sabes. (9)

destrezas de investigación

Las destrezas que las personas usan para aprender sobre las cosas. (6)

dinosaurio

Un tipo de animal que vivió en la Tierra hace mucho tiempo. (268)

distancia

La medida de la longitud que hay entre dos cosas. (60)

 E

eje

En una gráfica de barras, una de las dos direcciones en que se presenta la información.

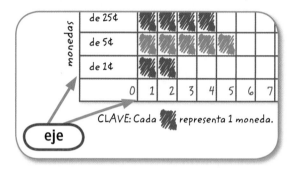

empujar

Alejar algo de ti. (80)

fabricado

Que está hecho por las personas y no se encuentra en la naturaleza.

flor

La parte de algunas plantas que las ayuda a producir semillas que pueden convertirse en plantas nuevas. (184)

flotar

Permanecer sobre un líquido o moverse suavemente por el aire. (110)

formular una hipótesis

Plantear una afirmación científica que puedes comprobar. (8)

fósil

Lo que queda de un animal o de una planta que vivió hace mucho tiempo. (268)

fricción

Una fuerza que hace que un objeto en movimiento pierda rapidez o se detenga al rozar algo. (84)

fruto

La parte de algunas plantas que contiene las semillas y las protege. (184)

fuerza

La acción de empujar o de jalar que puede causar que un objeto se mueva. Una fuerza también puede cambiar la forma en que un objeto se mueve. (80)

 G

germinar

Lo que una semilla hace cuando obtiene lo que necesita para crecer. (182)

gotero

Un instrumento científico que se usa para medir pequeñas cantidades de un líquido. (19)

gráfica de barras

Un diagrama que usa barras para comparar números o cantidades de cosas. Las barras muestran cuánto hay de algo. (32)

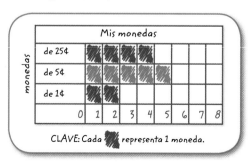

gráfica de dibujos

Un diagrama que usa dibujos para comparar números de cosas. Cada dibujo representa una cosa. (30)

gravedad

Una fuerza que jala las cosas entre sí. La gravedad de la Tierra jala otras cosas hacia el centro de la Tierra. (108)

grieta

Una ruptura o una abertura angosta en algo. (244)

H

hacer un modelo

Hacer un objeto o un dibujo para mostrar cómo es algo o cómo funciona. (7)

heredar

Recibir una característica, o rasgo, de los progenitores.

huevo

Un objeto redondo u ovalado donde comienza la vida de algunos tipos de animales. (154)

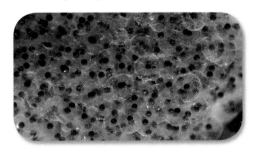

humus

La materia vegetal y animal que hay en el suelo. (254)

imán

Un objeto que puede jalar cosas hechas de hierro o de acero. También puede empujar o jalar otros imanes. (118)

inferir

Usar lo que observas para explicar por qué sucedió algo. (8)

influir

Tener efectos sobre la forma en que algo cambia o actúa.

instrumento

Un objeto que ayuda a las personas a hacer algo más fácilmente que si no lo usaran. (94)

instrumentos científicos

Los instrumentos que las personas usan para obtener información sobre las cosas. (16)

intemperismo

La ruptura de las rocas en pedazos pequeños causada por el agua, el hielo, el viento y las plantas. (242)

interpretar

Explicar el significado de algo, como una gráfica.

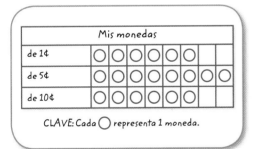

investigar

Planear y hacer una prueba para obtener información sobre algo. (40)

jalar

Acercar algo hacia ti. (80)

larva

La forma que algunos insectos tienen después de salir del huevo. Una oruga es una larva. (156)

longitud

La distancia que hay entre los dos extremos de un objeto. (18)

lupa

Un instrumento científico que se usa para ver más grandes los objetos pequeños. (16)

lustre

El brillo de un objeto. (230)

magnético

Que actúa como un imán.

magnetismo

El tipo de fuerza que tienen los imanes.

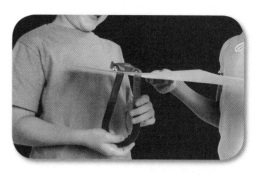

máquina

Un aparato que ayuda a las personas a producir más fuerza de la que podrían producir sin él. (96)

medio ambiente

Todo lo que hay alrededor de un ser vivo. (172)

medir

Hallar el tamaño o la cantidad de algo. (7)

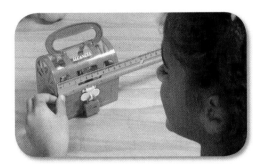

metamorfosis

Una serie de cambios que se producen en algunos animales.

metro

Una unidad métrica que se usa para medir la longitud de algo. Un metro equivale a unas 39 pulgadas. (60)

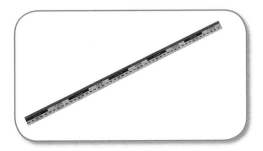

microscopio

Un instrumento científico que se usa para hacer que los objetos diminutos se vean más grandes. (17)

mineral

Un material sólido que se encuentra en la naturaleza y que nunca estuvo vivo. (229)

movimiento

Un cambio de posición. Cuando algo se mueve, está en movimiento. (68)

mudar

Deshacerse, o desprenderse, de la piel, las plumas o el pelo en épocas determinadas. (156)

ninfa

La cría de algunos insectos, como el saltamontes. (158)

nutrientes

Las cosas que las plantas y los animales necesitan obtener para poder vivir y crecer. (215)

observar

Usar los sentidos para obtener información sobre algo. (6)

ordenar en secuencia

Poner las cosas en el orden en que suceden. (7)

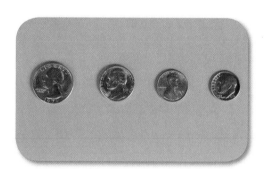

orgánico

Relacionado con los seres vivos.

organismo

Todo ser vivo.

organizar

Ordenar algo de una cierta forma.

parecer

Tener un aspecto semejante o ser similar a otra cosa.

peso

La medida de la fuerza con que la gravedad de la Tierra jala un objeto. (109)

pinzas

Un instrumento científico que se usa para sujetar o separar objetos pequeños. (17)

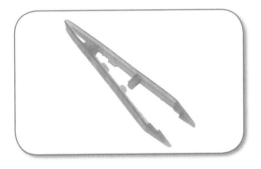

planta

Un tipo de ser vivo que produce su propio alimento. (182)

polo norte

Una de las dos partes de un imán donde la atracción es mayor. (120)

polo sur

Una de las dos partes de un imán donde la atracción es mayor. (120)

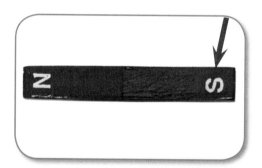

posición

El lugar donde está algo. (56)

predecir

Usar lo que sabes para suponer lo que sucederá. (9)

progenie

Los brotes o las crías de un ser vivo.

propiedad

Una característica, o rasgo, de un objeto, como su color, su tamaño o su forma. (230)

pudrir

Descomponerse, o deshacerse. Las partes de las plantas y los animales muertos se pudren en el suelo. (254)

raíces

Las partes de una planta que la sostienen en el suelo y que absorben el agua y los nutrientes. (183)

recurso natural

Algo que se encuentra en la naturaleza y que las personas pueden usar para satisfacer sus necesidades. (282)

registrar

Escribir, dibujar o usar números para conservar la información. (9)

regla

Un instrumento científico que se usa para medir la longitud, el ancho o la altura de un objeto. (18)

renacuajo

Una rana joven que nace de un huevo y vive en el agua. (154)

repeler

Alejar. Los dos polos norte o los dos polos sur de distintos imanes se repelen. (120)

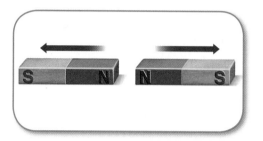

reproducir

Producir progenie, o nuevos seres vivos iguales a los progenitores.

roca

Un material sólido que se encuentra en la naturaleza y que está compuesto por uno o más minerales. (228)

rótulo

Una palabra que describe qué tipo de información hay en una tabla o en una gráfica. (29)

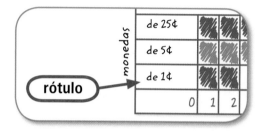

sacar conclusiones

Usar la información que has recopilado para decidir qué significa algo. (8)

semilla

La parte de la planta de donde crecen algunas plantas nuevas. (182)

similar

Que tiene algunas semejanzas con otra cosa, pero no es exactamente igual.

Sistema Métrico Decimal

Un conjunto de unidades que se usan para medir. Los metros y los centímetros son unidades métricas.

sonido

Lo que oyes cuando un objeto vibra. (130)

suelo

Capa superior de la Tierra que está compuesta por pedacitos de roca. El suelo que es bueno para el cultivo también tiene materia que alguna vez estuvo viva. (254)

tabla de conteo

Una tabla que se usa para registrar números. Cada marca de conteo representa uno. (28)

Mis monedas	
Moneda	Conteo
de 1¢	ǂǂǂ ǁ
de 5¢	ǁǁ
de 10¢	ǂǂǂ ǁ

tallo

La parte de la planta que sostiene las hojas. El tallo transporta el alimento y el agua por toda la planta. (183)

taza de medir

Un instrumento científico que se usa para medir un líquido. (19)

temperatura

La medida de lo caliente, templado o frío que está algo. (21)

termómetro

Un instrumento científico que se usa para medir la temperatura, es decir, lo caliente, templado o frío que está algo. (21)

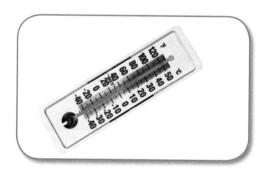

textura

La manera como se siente algo cuando lo tocas. (230)

título

El nombre de algo. El título de una tabla o de una gráfica describe el tipo de información que esta muestra. (29)

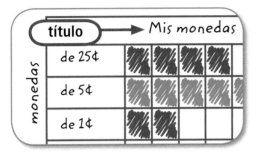

tono

Lo agudo o grave que es un sonido. (134)

 V

velocidad

La medida de la rapidez con que un objeto se mueve, o la distancia que recorre en una cierta cantidad de tiempo. (70)

vibración

Un movimiento hacia atrás y hacia delante. Las vibraciones producen sonido. (131)

volumen

La cantidad de espacio que ocupa algo.

volumen

Lo fuerte o suave que es un sonido. (132)

Índice

CARACTERÍSTICAS Los huesos de las aletas de los delfines mulares se parecen mucho a los huesos de tu mano.

MOVIMIENTO Los delfines mulares pueden llegar a dar saltos de hasta 3 metros de altura.

DIETA Los delfines mulares se alimentan de calamares y de muchas clases de peces.

MOVIMIENTO Los delfines mulares nadan moviendo sus colas hacia arriba y hacia abajo.

CARACTERÍSTICAS Los delfines mulares pueden llegar a vivir hasta 30 años.